校对部

校对部

校对女孩

第三季

河野悦子，平凡不简单！

［日］宫木彩子 著

韩宛庭 译

中信出版集团 · 北京

图书在版编目（CIP）数据

校对女孩：河野悦子，平凡不简单！.第三季 /
（日）宫木彩子著；韩宛庭译 . -- 北京：中信出版社，
2018.8
ISBN 978-7-5086-8785-8

I.①校… II.①宫… ②韩… III.①中篇小说－日
本－现代 IV.① I313.45

中国版本图书馆 CIP 数据核字〔2018〕第 054006 号

校对女孩：河野悦子，平凡不简单！（第三季）

著　　者：[日]宫木彩子
译　　者：韩宛庭
出版发行：中信出版集团股份有限公司
　　　　　（北京市朝阳区惠新东街甲 4 号富盛大厦 2 座　邮编　100029）
承 印 者：北京盛通印刷股份有限公司

开　　本：880mm×1230mm　1/32　　印　张：6　　字　数：105 千字
版　　次：2018 年 8 月第 1 版　　　　印　次：2018 年 8 月第 1 次印刷
京权图字：01-2018-3583　　　　　　　广告经营许可证：京朝工商广字第 8087 号
书　　号：ISBN 978-7-5086-8785-8
定　　价：39.80 元

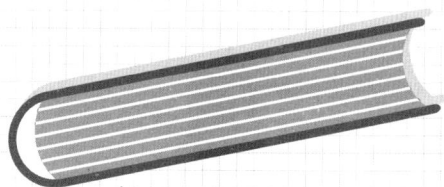

Contents

目录

Part 1

第一话
校对女孩
的恋爱小旅行

前篇

想了解前面的"悦子的研习笔记"，请翻阅《校对女孩：河野悦子，平凡不简单！》第 1~2 季哦！

悦子的研习笔记　　之十三

【黄金周进度表／白银周^①进度表／盂兰盆^②进度表／岁末进度表】

由于印刷厂会在遇到长假、盂兰盆和过年时休息，因此本来每月在固定日期下印的书籍杂志必须提前下印，截稿日也压缩到极限，需要提早九天完成。作家虽然会利用假日工作，但出版社的编辑们多半选择放假以逃避工作，不小心上传夏威夷的照片到社交媒体而激怒作家，害他们写不下去的轶事时有耳闻。

---

① 日本一年有两个连休长假，分别是黄金周和白银周。黄金周指每年四月末至五月初的假日，白银周是指每年秋季九月下旬的连休假期。——编者注

② 盂兰盆：每年农历七月十五日为"盂兰盆节"，又称"中元节"。——编者注

下到深夜的雨总算停了。从弁庆桥能望见井然有序地种在沟渠外侧石墙边的樱花树，只见花瓣悄然飘散于苔绿色的水面上。淡蓝色的晴空下，蕴含湿气的春雾给纷杂的东京街头打上一层柔焦，马路上交错而过的车流声，宛若跟随季节更迭迈向新人生的年轻人加速鼓动的心跳。

　　"……啊嚏！"

　　纪尾井町轻柔地笼罩在暖阳与春雾（空气中几乎都是花粉）下，河野悦子走在上班的路上，拼命吸着喷在立体口罩下的鼻涕，头晕眼花地走进景凡社的一楼大厅。空气净化器的噪声在天花板上隆隆作响。很好，来到这里就安全了，我已经吸到不能再吸了。悦子从包包中拿出面纸，拉下口罩大声擤鼻涕。眼睛也好痒，但她不想毁掉精心夹卷并涂上厚厚睫毛膏的眼妆，所以抵死都不揉眼睛。时尚需要忍耐，美丽就是向自我挑战。

　　"早安！哇！河野小姐，你今天好丑，好像土地爷啊。"

公司的前台小姐——今井赛西儿（日本人）坐在前台，以灿烂的笑容与恶毒的话语迎接她。

"谁知道花粉过敏这么恐怖……东京好可怕啊……"

"咦？你直到今年才第一次得花粉过敏吗？"

"嗯——差不多前天开始的。"

"好可怜啊。"说是这样说，从今井轻快的语气中，实在感觉不到丝毫同情心。悦子连发脾气的力气都没有，径自走去搭电梯。

日文的"第一次"有许多用法。有些人会借由第一次上高中、第一次上大学、第一次进入社会等契机，摆脱从前老土的形象，开始盛装打扮。由于悦子在出版社工作，身边最常见到的用法是"第一次出道成为作家""第一次出道当模特儿"等。进入公司第三年，悦子"第一次的新体验"就是得花粉过敏。利用第一次当高中生、第一次进入社会的机会改头换面的耀眼仪式，她都好像错过了一样，回想起来令人遗憾。有一次悦子和今井喝酒时问她："你第一次变漂亮是在什么时候？"今井回答："从出生到现在，每天都是我的第一次。"她指的是"女子力"①吗？悦子没有听懂，不过可以确定

---

① 女子力：泛指女性特有的魅力，以及对美妆、护肤、流行服饰的敏锐度。——编者注

的是，今井这名女子不可小觑。

"早……啊嚏！唉……"

"花粉过敏？"

与悦子背靠背而坐的是校对部前辈——米冈光男，他从桌上抓起面纸盒，递给悦子。而悦子也顺从前辈的贴心，用力三连擤，接着点上眼药水。

"上周末突然开始的，我都不知道东京是如此可怕的地方。你们都怎么对付这个强敌呀？"

"要先做好功课，尤其是在花粉特别多的日子拟订对策。对了，日本气象协会表示，前天晚上或当天清晨下过雨，又突然放晴，吹起南风的温暖好天气，花粉会特别严重哦。"

"那不就是今天吗？"

"你多吃点西红柿①吧。"

"西红柿很贵呀。"

悦子再次从面纸盒抽出几张面纸，揉成两条与红笔等粗的扎实纸团，塞进两侧的鼻孔里。多出来的面纸黏在涂了唇蜜的嘴唇上，米冈见了罕见地大声嚷嚷：

"哎哟喂呀，你好歹也是待嫁姑娘家，弄成这样能见人吗？"

---

① 在日本，传说吃西红柿能缓解花粉过敏的症状。——编者注

"没办法啊，我要是不把鼻孔塞住，鼻涕会流个不停嘛。"

反正被这个房间里的任何人看到都无所谓——悦子心想，并且"呸"地吐出吃进嘴里的面纸。米冈刚刚难得男子气火力全开——才刚这么想，米冈又恢复了怪腔怪调的声音埋怨道：

"你有没有一点身为少女的羞耻心呀？不管你衣服穿得多漂亮，都没有资格当一个女人！"

"羞耻腥（心）能吃吗！我要是不绑（把）鼻孔塞住，今天就要当哞哞（毛毛）虫鼻力（涕）傻牛（妞）了！"

"求求你用手巾①捏住鼻子！你讲话糊成一团，我听得懂才怪呢！"

"就是哞哞（毛毛）虫鼻力（涕）傻牛（妞）啊！"

"你们两个大清早就在那边制造噪声，烦死人了！还有！门口那位爆炸头！你哪位？"

悦子和米冈被"杏鲍菇（校对部部长）"一吼，顺着他的眼神回头望去，只见一位留着爆炸头的高个子型男一脸困窘地呆站在门口。大约过了两秒，他才低头敬礼道：

"不，没事，抱歉打扰你们。"

他说完一个转身，悦子顿时脑中一片空白。

---

① 手巾：原意为手绢。意指说话的人故意咬文嚼字。——编者注

"冷冷冷冷冷（等）一下！冷冷（等等）啊是永！"

悦子想也没想便追过去，背后传来米冈的吼叫："拔掉面纸！"

> 【校对】检查文章、原稿内容的错误或不合理之处，在确认后加以订正或校正。
>
> ——出自《大辞泉》

悦子心想：用手巾捏住鼻子？我还是第一次听到有人说出"手巾"这么做作的名词。手帕就手帕，手巾个头啊！他八成也会把"卫生纸"说成"卫生用纸"。

——我也有花粉过敏，那真的很想死。

来到无人的楼梯间后，是永望着拔掉鼻孔里的面纸狂流鼻涕的悦子说道，接着从肩背式的托特包中拿出几个小纸包，放在悦子的手心里。

——这是什么？

——甜茶口味的软糖①。虽然很难吃，不过或许能让你舒服一点，请用。

我好像在哪里读过类似的桥段——悦子脑袋一隅忍不住

---

① 同样是日本缓和花粉过敏的偏方之一。——编者注

东想西想，其他部分则被绝望感占据。大约两个月前，她与使用"是永是之"为笔名写作、用"幸人"为艺名当模特儿的他，发展成好像在交往又似乎没有交往的暧昧关系。如今还被他撞见两个鼻孔塞面纸的蠢样。如果他真把悦子当成"蜜月期的女朋友"，现在肯定不想承认两人在交往。不，他们真的在交往吗？真的算是男女朋友吗？

到底是不是？不行，吃药的副作用让她脑袋昏昏沉沉，无法思考。

"遇上花粉过敏，连'女子力'也无力回天。"

"这是什么鸡汤励志小语？听起来一点也不文艺。"

午休时间，与悦子同期进公司的文艺编辑藤岩，在便当店前排队时傻眼地说。

"我才没有刻意熬鸡汤，遇上花粉过敏，恐怕连文学都无能为力啊。"

"吃药不就没事了？你去找公司的医生，他会开鼻炎的药给你。"

"嗯，我刚刚去拿了，所以现在鼻子舒服多了，只是吃药让我头昏脑涨、无法工作。"

"你有工作要处理吗？对了，是永没来我们部门，跑来公司做什么？"

"他说有事要找时尚杂志编辑部。"

"哦，新刊访谈吗？但他又没登上版面。"

没登上版面、不是为访谈而来，意思是说，他还没红到会接受专访。Aaron 是景凡社针对二十多岁的男性推出的时尚杂志，是永今天与所属的模特儿经纪公司来编辑部拜访。会面结束后，他顺道去了校对部，想看看悦子在不在里面，结果撞见鼻孔塞着面纸的悦子与米冈争论不休。悦子不指望"如果有洞想钻进去"，而是恨不得自己挖个洞跳下去。

是永是之矢志成为作家并摘下新人奖出道，其令人摸不着头绪的写作风格吸引了小众书迷的支持，至今以作家的身份已经出版了好几本作品。但由于稿费不足以糊口，所以现在依然将原来是本职的模特儿工作当副业。又由于他当模特儿也不怎么走红，只好在咖啡厅的厨房打工。说白了，他的本职到底是什么，没人知道。

悦子接过两个便当，返回校对部。藤岩已经早她一步拿到便当，迅速回到自己的工位。藤岩向来不刻意与人套近乎，悦子还挺羡慕她的。

"拿去，你的胶原蛋白便当。"

冷清的校对部里，只见米冈罕见地利用午休时间赶工校稿。悦子将便当和找回来的零钱递给他。

"谢啦。"

米冈从找零中挑出五十日元，说"这是小费"，放在悦子的手掌心。

"赚到啦！明天我也帮你买吧！"

"狗腿子。"

"闭嘴，半人半妖。"

"你说什么呀？"

"你的内在啊。我昨天吃比萨时灵光一闪，觉得这句话用在你身上太贴切了。"

米冈讶异地望着悦子，悦子从他的表情察觉到一件事。

"你家是不是从来没叫过比萨外卖？"

"嗯，我没吃过那种东西，不过我老家的院子里有石窑，我经常自己动手烤比萨的。"

你这个温室里的嫩草（还是花朵？）！悦子在内心大叫。由于解释起来太麻烦，她最后以"反正就是这样"结束话题。比萨外卖其实很贵，所以悦子只能趁网络上推出半价优惠券时吃。

悦子直到去年年底都负责文艺书籍的校对工作，从今年起，她开始负责周刊杂志的校稿。今天不是截稿日，杂志校对组没人在午休时工作。悦子打开休眠中的电脑，边吃着三百八十日元的鲑鱼便当，边确认 *Lassy* 读者模特儿们的博客。*Lassy* 是针对二十多岁的女性读者办的时尚杂志，悦子向往成为 *Lassy* 编辑部的一员而进入景凡社工作，怎知被分配到校对部，至今仍努力申请转调。希望今年能转调成功——悦子带着许愿的心情，一一浏览闪闪发亮的读者模特儿的博客。

衣食住行里，悦子只对"衣"感兴趣。如果薪水够多的话，或许就能兼顾其他方面，但她目前光是买衣服就已经过得苦哈哈了。

"悦子在吗？"

悦子睁大眼睛，看着衣食住行都很充实的女子们写下的文字，与收藏了美妙日常瞬间的照片，忽然听见有人在叫她。抬头一看，同期的森尾登代子一手拿着手机，朝着她的方向走来。

"怎么啦？"

"你今晚有空吗？我们要和'博通'联谊，有一个人临时不能来。"

联谊。换作是从前的悦子，一定举双手参加，但她目前姑且有个心仪的暧昧对象，而且深受花粉过敏所苦。

"森尾啊，请你说说这孩子。"

悦子没说话，米冈便从旁插嘴。

"怎么了？"

"她竟然在鼻孔里塞卫生用纸，早上还被那个爆炸头男朋友看见呢。"

米冈果然是说"卫生用纸"。

"什么？爆炸头来过？悦子为什么要在鼻孔里塞卫生纸？"

不知为何，森尾完全略过那句"卫生用纸"。

"我上周犯了花粉过敏。"

"原来是这样，那很难受吧。好吧，这次不勉强你。"

"嗯，抱歉，你找找别人吧。"

"好可惜啊，*Lassy* 的营销人员也会来呢。"

"我去我去，抱歉我去。"

悦子完全不介意森尾的白眼。她从高中起便对 *Lassy* 杂志爱不释手，自己也觉得这股熊熊燃烧的爱简直是脑子有病。如今 *Lassy* 近在身边，她却无法飞奔而去，这种焦灼不已的痛苦，大概就如单恋一样吧。

每次和规模最大的广告代理商"博通"联谊，必然会在午夜十二点前结束，因为他们还得赶回公司加班。悦子忍不住心想：这些人到底都是几点睡觉啊？她今天和平时一样，在惠比寿车站与森尾道别后，一面感叹自己空手而归，一面庆幸"还好没有犯桃花，不然现在才头痛呢"，并在一点前回到家中。桌上摆着字迹潦草的字条，上面写着"给小悦　有福同享　加奈子"，以及五个橘子。悦子先去二楼换衣服、洗手，接着熟练地将手指戳进橘子蒂头，不疾不徐地剥着橘子皮。自从搬出来住以后，她就很少吃水果，扑鼻的柑橘香气，使她顿生怀念之情。明明置身东京，还姑且住在二十三个主要市区的范围内，她却仿佛回到了乡下老家。不过，她一个人也吃不完这么多。

悦子目前住在商店街，这栋房子本来是一家鲷鱼烧店，自从老板的女儿远嫁塞班岛，老板夫妇中了彩票搬去长野县养老，房子便空了下来。悦子租下这栋发生地震时很可能会垮掉的廉价老空屋后，负责承办的房产中介小姐木崎加奈子不知怎么回事，动不动就登门拜访，并擅自在这里卖起了鲷鱼烧，把居住空间弄成了"四不像"。不过也多亏房租便宜，悦子才能尽情添购流行服饰，可惜环境这么差，实在无法邀男友到家里玩。她怕加奈子在她和男友卿卿我我时突然闯入，也怕这里没有多余的空间让他们卿卿我我。

悦子泡在狭小的浴缸里，边想着"连石川五右卫门①接受烹刑的油锅都比我家浴缸大"，边思念起是永。他们在情人节时见过一次面，也在一个月后的白色情人节约会过，不过之后两人只出来吃过一顿饭。当晚在回家的路上，是永牵了她的手，害她紧张得要命。这不是夸张，悦子真的以为自己会

---

① 石川五右卫门（1558—1594）：日本古代的知名义贼，后来因反抗丰臣秀吉被处以烹刑。——编者注

死。在她的观念里，"成人的爱情"宛如都市传说。回想至今校对过的小说情节，男女主角总是极其自然地坠入爱河、极其自然地滚上床，书中并未详细交代最令人好奇的具体流程。不只小说如此，连续剧也一样。尤其是以青少年为主角的美国连续剧，两人从相识、接吻到发生关系进展之神速，直教人怀疑这当中发生了什么时空扭曲。悦子不禁思考：日本一般的情侣牵手之后会做什么呢？是接吻没错吧？但要怎样才能亲下去？我很久以前和第一任男友交往时，是怎么进展到本垒的？啊！通往本垒的路好复杂，我在烦恼之林迷失了方向！题外话，"接吻"和"SEX"虽然是不同国家的语言，语感却有那么点相似呢，世界真奇妙。

悦子在泡到晕倒的前一刻逃离浴室，去厨房开了罐啤酒。但睡意和花粉过敏弄得她头昏脑涨，她只能迅速在瓶口罩上保鲜膜，用橡皮筋捆住，把啤酒再放回冰箱。花粉过敏实在太可怕了。

第二天悦子严重睡过头，起床时冷到受不了，只好把已经塞进壁橱里的羽绒外套拿出来穿。打电话通知公司自己会迟到，接着打开电视收看气象预报，却听到气象主播说"今天的气温暖如六月天"。悦子大感诧异：那我怎么冷到直发抖？

"……大概就是这样，我感冒了。"

最后悦子请了一天假，休息了一天去公司上班时对米冈说。不知为何，米冈露出些许遗憾的表情，追问道：

"那你的眼睛为什么会痒？"

"尘螨过敏。"

"拜托你好好打扫一下房间。"

"嗯，我每周都会打扫啊。都怪榻榻米太老旧，我用防虫除菌剂清理过一遍了。"

现在的处方药也太有效了吧——悦子边想边对着积了两天的校样削铅笔。与打喷嚏流鼻涕绝缘的世界何其美妙，我要是早一天知道自己是过敏，就不用被是永看见鼻孔塞卫生纸的蠢样了——悦子感到悔恨交加。

"啊，对了，昨天贝冢来找过你。"

"找我干吗？"

"他问你黄金周有没有空。"

"我才不要来公司加班！我要休假！"

这是上班族的基本权益！即使本人还没排任何计划！悦子在心中奋力一吼，然后自顾自地忙了起来，在桌面摊开《周刊 K-bon》的校样。悦子负责校对的内容多是安插在杂志中间、没有时间紧迫性的小单元，像是连载专栏、星座运势和连载小说等。杂志在最后定版时，会将时事题材安排在外侧页面。据说这是因为杂志多采用骑马钉中央装订，印刷时是从中央印到外面的；将时事部分安排在外侧，便于紧急更换。不只《周刊 K-bon》如此，《周刊缀泉》《周刊磷朝》等其他社的杂志也是这么做。

连载到二月份结束的小说是一部以日本战国时代为背景的武将生平传记。稿子送达校对部之前，已经由文艺编辑部的编辑和作者对过稿，因此没有太多错误。但是从三月份起，本专栏换成由其他作家所写的科幻悬疑爱情故事，贝冢说它是"反乌托邦小说"。这是由文艺编辑部的贝冢担任责编的作品，文字在进入排版之前，连阿拉伯数字与汉字数字都没有统一，直接以初始状态印成纸本，格式凌乱不说，错字也多到爆。

"烦死啦！"

这家伙写的故事固然有趣，但文字基本功太糟了。

作者名叫森林木一，是一位在文艺小说圈出道不满五年的新锐作家，之前曾用其他笔名撰写轻小说[1]。作者介绍栏说他历经八年的轻小说笔耕期，才终于正式转往大众文艺小说

---

[1]　轻小说：一种盛行于日本的通俗文学体裁，以特定描绘手法包装，可以轻松阅读，提高故事传递给读者的效率，通常使用动漫作为插画。——编者注

领域发展，并在出道第三年荣获丸川奖。这次是他首次挑战杂志连载。

新连载上档一个月，悦子便罕见地期待看到后续。一次连载的量约 16 个字 ×350 到 450 行（换算成 400 字稿纸，顶多 14 ~ 18 页）。尽管剧情进展缓慢，回过神来，悦子已经读得津津有味。站在校对员的立场，没有人想遇到这样的稿件；然而这部新鲜的作品，也让平时不懂小说乐趣的悦子眼前一亮。

麻烦的是，错漏字和重复用词的问题，从第一回连载至今都不见改善。

——这里实施周休二日制。如果是工厂、餐厅等鱼龙混杂的工作环境等，或是公寓管理员、公共管理局、餐听端盘子的人及游乐场的表演者等，则是实施实施轮班制。为使人民能充分享受假日，所有区域都有设有大量餐厅及游乐场。不仅如此，国家还会分配每一个国民一种叫 PLR（Personal Life Recorder）的穿戴式娱乐器，内容五花八门。但它有个缺点：人民拜访过的任何游乐场，都会留下入场纪录；通过 PLR 看电影或买东西也会留下纪录。使用外接记忆媒介读取影片或图片时阅览数据通通都会被国家云端接收所以也会留下记录。

　　人们想取得违禁品，只能仰赖非在线媒介了。就算骗过了居高不下住区的保安，只要你持有网络主机 Server 的数据库中未登记的任何产品，就会被视为反叛分子。"你瞧。"米特士亮出手上的古董品，它的通讯端子已经被强制以物理方式拔除。由于是相当古老的机形，即使少了部分零件，其他机能也不受影响——

　　悦子在"鱼龙混杂"的"鱼龙"旁边画线，写下"龙蛇？（第一回连载）"，接着在重复出现的"等"旁边画线，写下"删除？"、"餐听"旁边写"餐厅？"、"端盘子的人"旁边写"歧视用语，是否保留？"、将"实施实施"中多出的"实施"删除、"都有设有"前面多出的"有"字删除、"每一个"旁边写下"每一位？（第三回连载）""通通"旁边写"统统？（统一用字？）"。由于"使用外接记忆媒介……留下记录"这一段实在太难懂，她在"所以"前面拉线询问是否要加逗号。"居高不下住区"大概是"居住区？"、"Server"应该改成"服务器？（连载第一回）"、从语意上来看，"形"在里边应该使用"型？"……话说回来，既然背景设定为"地球毁灭后人类移民的第二地球"，所谓的"一周"是几天呢？

他们有"周"的概念吗？

　　悦子边比对从连载之初制作至今的名词统一表，边在旁边写下铅笔注记。遇到这种长期连载小说，有时连作者本人都会忘记背景设定和登场人物的名字，为了防止校对工作出现疏漏，悦子保留了每一回的终校校样。除了制作一般常用的"名词统一表"，还进一步针对人名、登场过的架空场景和虚构对象制作"专有名词表"。国家云端到底是什么呢？作家的大脑简直是另一个宇宙。

　　校对完连载小说和专栏之后，要将校样还给《周刊K-bon》的责编进行确认；如果该作品在文艺编辑部也有专属的责编，对方也要看过一遍，因此截稿时间会压缩得更紧，进度必须比其他新闻报道要提前一周。悦子现在校对的稿件，是连载第七回要刊登的内容。

　　我就知道。

　　从连载第三回起，悦子就发现这位作家有些毛病怎样都改不掉。她拿出红笔，在保存用而无须归还作家的备份校样上一一画下红色圈圈。

　　"那部小说不经过大修改，是不是根本不能看呀？"

　　这下该怎么办？要不要告诉贝冢？正当悦子烦恼时，旁边的米冈见她桌上摆满名词统一表和专有名词表，忍不住开口问。

"啊，已经中午了。"

"你很忙吗？要不要帮你买便当？"

"不用，没那么忙，我去吃午餐。"

悦子从桌前起身，拎起装入钱包、手机与面纸的托特包，和米冈一道走出去，前往他们常吃的那家走路三分钟可达的乌冬面店。

"《周刊K-bon》现在的连载小说是森林木一写的吗？好棒啊！希望出书时能换我校对。"

等待斯里兰卡咖喱乌冬面上餐时，米冈难得对作家表示欣赏。悦子点了巴基斯坦咖喱乌冬面。这里的老板是不是在亚洲环游了一周？这一年的菜单好像越来越奇怪了。

"你喜欢他啊？"

"他是男性作家当中的天才。之前他还在写轻小说时没有露脸，得到大众文艺奖后才开始懂得在媒体前亮相，编辑们都称他为信浓王子呢。"

"那不是中村梅雀①的专属称号吗？"

"最新一季的科伦坡换成寺胁康文②演了。"

①　中村梅雀：1955年生，日本歌舞伎演员，本名三井进一。代表作为东京电视台的"信浓科伦坡侦探系列"。——编者注
②　寺胁康文：1962年生，日本大阪府出身的男演员，曾以《相棒》一剧入围日本电影学院奖的最佳男配角奖。——编者注

“真的吗？什么时候换的？”

“河野妹，你的信息过时喽。想当时尚杂志编辑，不随时掌握最新信息可是不行的哟！”

“两小时连续剧的最新演员名单，做时尚杂志的必须知道才行吗？”

就在这时，乌冬面送来了。由于店里最近雇用的店员都是外国人，只有点餐时能讲几句日文，所以两人只好在不知道哪一碗是斯里兰卡咖喱、哪一碗是巴基斯坦咖喱的情况下，面对面地吃起咖喱乌冬面。

“信浓啊，意思是说，他住在长野县？”

“嗯，即使开始走红，他还是不肯离开乡下。听说全国书店大奖①评选时，是长野县出动所有书店店员帮他拉票的。”

“哦！原来那个奖是这样运作的。”

米冈以为悦子感兴趣，开始和她说起全国书店大奖的运作方式，悦子大多左耳进右耳出。

“哎，那个森林木一在我们家出过书吗？你有没有校过他的稿子？”

---

① 日本书店大奖：即本屋大赏，是唯一一个通过日本书店店员投票选择的奖项，被认为是日本平民文学奖中最具影响力和市场价值的图书奖项。——编者注

悦子打断话题问道，米冈沉默了一秒，露出有点不悦的表情。

"怎么？你一听说人家是帅哥，马上就想黏上去？我先声明哦，他只是'作家当中的天才'，是才华让他加了不少分的。如果把他和在时尚圈打滚的是永放在一起，应该惨不忍睹。就像杂志上写的'美女作家'通常都不是真的'美女'，明白了吗？"

"不，我对他本人一点兴趣也没有。谁管他是科伦坡还是王子呀，就算他不是森林木一也不关我的事。我想问的是，连载小说的文字越写越随便是常态吗？"

"责编是贝冢对吗？他又完全没看就把文档丢给《周刊K-bon》啦？"

"嗯。"

米冈吞下面条后悄声叹息，接着说：

"听说最近有优秀的新人进来，他再这样混下去，迟早会被赶出编辑部。"

"太好了，希望他早点被调走，我才乐得轻松。我现在反倒希望他继续混，早点被轰出去才好呢。"

听到好消息了——才刚这么想，悦子随即惊觉与其苦等贝冢被调走，还是自己早日脱离校对部比较靠谱。糟糕，一不小心就在这里定居了，我其实是想去时尚杂志编辑部的啊——悦子心想。

"啊。"两人吃完乌冬面，走回公司大楼时，米冈在大厅轻呼一声。

"怎么了？"

"那个人就是即将调去文艺编辑部的新人。"

悦子顺着视线望去。在大厅柜台旁边靠后侧的方位，有一个小小的会客空间，文艺部长无视有人可能在等访客，自顾自地和新人在那里聊了起来。

"才四月而已，人事异动就敲定了？现在还不到研习的季节吧。"

"因为他是龙之峰春臣的孙子呀。"

悦子搜寻记忆，总算想起他是谁。龙之峰春臣过去曾在 *Every* 上连载过一部内容充满情爱纠葛的外遇小说，人们称他为文艺圈中的文豪。

"原来是'高贵的拼爹族'啊。"

"没错，他是走后门进来的，但是也有真材实料哦。其实他大可以只靠关系进来，但他还是参加了公司的笔试，拿下了将近满分的成绩呢。他曾经去英国留学，主修文学。滨野当然笑得合不拢嘴呀，他一直很想重建外国文学部门嘛。"

这位外形沉稳的新人刚进公司没多久，便散发出一股精明干练的气息，整体气势甚至压过了部长。

"你怎么都知道？难不成，那也是你的菜？"

"人家的心里只容得下正宗一个人好吗？拜托你，别以为具有同性恋特质的人个个都是花痴。"

悦子瞬间暗忖：正宗是谁？接着想起他是为人直爽的印刷厂的帅哥业务员。印象中，他在新年时向女友求婚成功，告诉大家时脸上洋溢着幸福的笑容。看来米冈又误恋直男，陷入无疾而终的单相思之中。悦子边想边和米冈走进电梯。

悦子下班回到家时，加奈子已经在店头烤起鲷鱼烧。外面的长椅上难得有客人等着，而且还是两位三十岁出头的漂亮小姐，悦子惊奇地盯着她们瞧。两名女子察觉悦子的注视，对她轻轻点头，她才赶紧低头致意。

"小悦，你回来啦——"

尽管悦子对此已经习以为常，心里还是有所抗拒。都已经搬来东京二十三区住了，她的生活依然摆脱不了这股浓浓的栃木县老家的氛围。

"我说啊，你那件短外套是很可爱，不过男生看了会倒胃口哦。"

悦子先在洗漱台洗手漱口，加奈子招呼完客人后，端着刚烤好的鲷鱼烧来到客厅。想当初，这件超可爱的

Stradivarius[①] 挡风外套在船桥分店缺货，悦子还特地跑去横滨买，想不到在东京老街竟只得到一句"男生看了会倒胃口"的批评。

"啊，你的男朋友是模特儿吧？那应该能接受。"

"算是男朋友吗？"

加奈子像往常一样在餐桌前坐下，吃起鲷鱼烧。悦子也自然地坐在对面，伸手抓起热腾腾的鲷鱼烧。两个月前不知被谁踩出一个洞的地板，已经由加奈子所在的中介公司买单修好。

"你们还没有进展？"

"没有呢。"

"黄金周快到了，你们不如相约去巴黎呀。时尚圈的人不是动不动就往巴黎跑吗？"

"你说的是时装周的策展期间吧，那也不关我的事。时装周只有总编能去，副总编是去米兰，其他小员工是去纽约。"

"要不，你们去母亲牧场[②]玩吧？那里的冰激凌很好吃哦。"

---

① Stradivarius：女装品牌，1994 年创立于西班牙。——编者注
② Mother Farm：日本千叶县鬼泪山顶的牧场主题公园，创始者前田久吉为纪念母亲而命名。——编者注

"好吃是好吃……"

说到黄金周假期，出版社有所谓的"黄金周进度表"。由于这段时间印刷厂、物流和各大厂商都会放假，所以出版社必须提前截稿印书。杂志组的森尾最近都带着无敌臭脸在桌前赶工。

"加奈子，我问你啊，由我主动约他好吗？他会不会觉得我太黏人，因此变得讨厌我啊？"

"呃，这是清纯小女生才有的烦恼吧？你是不是搞错自己的路线了？"

总觉得自己被狠狠地酸了一顿，悦子无话可回。

"心动不如马上行动，打电话吧！"加奈子双眼闪闪发亮地逼近，悦子以手机没电为由拒绝，对方却拿出移动电源，她只得无奈地接上。

"我前阵子才被他看到很丑的脸。"

"不会啦，的确大部分的女人卸妆后都是丑八怪，幸亏你化妆跟没化妆一样，玩通宵也没问题的！"

"不，现在应该预订不到旅馆，算了，我放弃。"

"不要找借口，快点打！你不打我帮你打，帮我解锁！"

"住——手——啊！"

就在悦子从加奈子手中夺回手机的一瞬间，手机传来振动。悦子看着屏幕，怀疑是自己看错——来电的对象，正是让两名女子为了要不要打电话而争论不休的当事者。

"天呐！小悦，我感受到 destiny（命运）的神奇了！"

悦子没有余力纠正英文的发音，心想犹豫不决反而会更加紧张，索性豁出去按下了通话键。

"喂？"

"啊，喂？我是是永，你现在方便接电话吗？"

"没问题，呃，等我一下啊。"

一旁的加奈子把耳朵贴了过来，悦子不想被偷听，直接冲上二楼。即便加奈子再怎么厚脸皮，也不好意思追到二楼的私人空间。悦子紧关上拉门，集中全身的注意力至听筒。

"河野，你黄金周的行程排满了吗？"

"来啦——！"（心之声）

悦子努力将差点脱口而出的欢呼埋入理性的沼泽，佯装平静地回答：

"没有，完全没安排。现在去哪都订不到旅馆，我想不如在家好好休息。你呢？"

"啊，太好了。呃，不该这么说。那个……方便的话，要不要和我去轻井泽玩？"

"来啦——！"（心之声）

为了不让对方看穿自己的丑陋欲望及烦恼，悦子犹豫着是否该用"可爱爽朗的语气允诺"，这时是永先行开口：

"我有个模特儿朋友，连假本来要和男朋友去订好的别墅玩，结果突然接到国外的摄影工作，不得不临时取消，问我要不要代替他去。"

是永如此解释。悦子在心中对着自己欢欣到发抖的声带说"我是女演员"，然后冷静以对：

"真可惜。你若是不嫌弃，我很乐意和你一起去。"

"那么，详情我再发短信给你。啊，花粉过敏有没有好一点？"

"好多了。原来那不是花粉过敏，我感冒了。"

拜托千万不要复发——悦子暗自祈祷，并在两分钟的闲话家常后结束通话。全身的力气仿佛一口气被抽干，她整个人累瘫在榻榻米上。

"小悦，你们聊完了？结果怎么样？爆炸头说什么？"

加奈子在楼下大叫。悦子拖着身子来到楼梯前，向楼下的加奈子比出大拇指。

"我现在下楼梯肯定会摔死，加奈子，你上来吧。"

话音刚落，加奈子便以新干线般的速度冲上楼梯。悦子暗忖：房子要是被你震垮，你怎么赔我啊？不对，这里本来就由她的公司负责管理，员工弄坏出租房屋，当然是中介公司自行买单。但楼梯要是垮了，我明天怎么去上班啊？不对，我应该先担心洗澡和上厕所的问题……这些都不重要！我想好好思考男女交往的问题啦！臭房子！

女人才不是一天到晚只想着谈恋爱的生物，少瞧不起女人！网络上时不时能看到类似发言，而这多半是在职场奋斗的女子与大嗓门的家庭主妇们，针对星期一和星期六的黄金时段连续剧内容所提出的反驳。而悦子也从迄今校对过的为数不少的小说里，感受到满脑子恋爱的绝对不只有女人。

男性作家的书中也会充斥着大量的女人、恋爱与性爱场景。有些人甚至会写出令人怀疑"男性的大脑绝大部分是由精虫和女体所构成"的作品。不过也有作家几乎不描写女人，程度之清淡，宛如蛋包饭旁边的香芹，或是装在免洗纸套里的牙签。当然，作品并不等于作者本人。专写女人的作家可能是同性恋，可能是伪装成男性的女性作家。世界上或许也有人偏爱香芹和牙签。连存在于"小说"这个虚构小盒子里的男男女女都拥有各自不同的想法。如果今天把探讨的对象换成存在于辽阔真实世界里的男人与女人，一心只想着谈恋爱的女人，比例上或许不算少吧。盲目地追求恋情的女人，通常没什么心力去关心其他人的感情生活。她们不看爱情偶像剧，不成天挂在网络上。她们用心经营感情，这样的人怎么可能是笨蛋呢？柏拉图（男性哲学家，大概很聪明）重新定义了与"无私之爱（Agape）""朋友之爱（Philia）"等词汇并列的"男女之爱（Eros）"。如果这种爱当真存在，从人只不过是一根芦苇[1]的时候起，恋爱对人类来说就是一大生命课题，无关性别。

"不，无论我们再怎么努力合理化自己的行为，人类的祖先都是猴子，不是芦苇哟。"

"哎，今井，怎么办？我应该穿什么衣服？接吻前是不是应该先卸掉唇蜜？男人喜欢哪一款香水？成熟点的比较好吗？还是用衣物柔软剂就好？现在脱毛来得及吗？内衣和内裤是不是成套比较好？啊，要是太刻意对方反而会多想哦，还是随兴一点呢？睡觉的时候耳环要拿掉吗？嗯啊——！怎么办呀！"

"你在听吗？我说猴子。我知道这么说可能有点难懂，但真的是猴子哦。"

"你是说，柏拉图在《会饮》中描写的 Eros（厄洛斯）是少年爱吧？那是不是类似巴塔耶[2]所写的《色情史》？"

总而言之，悦子现在忙着做男人攻略，整颗心雀跃不已，结束工作后逢人就问，正巧逮住了要下班的今井和米冈。抓

---

[1]　法国哲学家帕斯卡曾说过"人是一只芦苇，是宇宙间最脆弱的东西。但人是一只有思想的芦苇"。——编者注
[2]　乔治·巴塔耶（Georges Bataille，1897—1962）：法国评论家、思想家、小说家。——编者注

住这两个人真是天时地利人和，她刚好有其他事情想请教米冈。

激光脱毛需要时间，这次请自行处理。内衣裤务必成套。衣物柔软剂一闻就知道，建议挑选 Dior、Chloe 等品牌的主打香水。许多日本男性无法接受 Creed、Penhaligon's 等品牌的顶级香水。

悦子将今井的话牢记在心，接着饮尽桌上酒杯里剩余的啤酒，把空杯推向角落，转向米冈说："对了。"

"请帮我看看这个。"

悦子在他面前摊开白天关闭恋爱模式工作时，所写下的注记与每回初校校样的书名页。

"这是什么？恋爱作战表？"

"不，我们先把恋爱作战放一边。这是森林木一至今连载过的小说初校校样，以及当中要特别注意的日文标示法。"

选错汉字、中途加写的文章与原来的文章会反复出现相同的字眼、单纯的错漏字……悦子发现这位作家的错误具有一定的规律。

"河野妹，你看起来很散漫，想不到真的一直在认真工作呢。"

"我想早点得到认可，调去其他部门呀。"

这是我的恋爱记录，也是我活过的证明。我我现在居住的国家，正缓慢而确实地迈向死亡，我在边陲地带的 TS 住宅区 13P389111 的古典网络咖啡厅，打下这份文件。我不确定这个史前时代的装置能否连接上国家网络主机服务器，倘若有人活到未来，将它连上服务器，或是从某处登录这台电脑，甚至中了扩散型病毒，这份文件说不定会被某个人看到。我怀着对这份文字可能会流传后世的渺小希望，将一切赌在这个古老的装置上，用着不甚熟悉的键盘敲打文字。

这是连载第一回的第一段内容，相信任何人读了都会马上发觉"我我"形成重复字。

而连载第二回的第二段内容如下：

那个人从懂事的时候起，就被唤作特托拉。特托拉在教育中心学到，日本国民直到公元 2015 年，才第一次拥有国家分配的识别编号。无法无法避免的是，这套制度之后又几经修改，现在的识别编号已经完全不同于 2015 年了。在识别编号的强制实施下，人们不再需要个人姓名。为了避免编号过长，会根据一定的规则改成英文缩写，如果那串文字刚好读成"特托拉"，那个人就叫作特托拉。

这种重复字一眼就能发现，删除甚至无须花上一秒。

随着连载回数增加，这种显而易见的重复字、错误用字和打错的字也往后推移。连载第一回时出现在第一个句子后面，第二回时出现在第二个句子后面，以此类推……来到第七回时，悦子凭着感觉，将这些重复字和单字重新组合之后，得出以下句子：

"我　无法　从那里离开　等待　救援　地点在　住宅区的"

如此这般。由于目前只连载到第七回，不知道接下来的内容是什么。另外，在原稿当中，"等待"打成了"等呆"，无论怎么想，这样的错字都非常不自然，一定是作者为了被人发现而刻意留下的。

就连拼命挖苦悦子人不可貌相的今井和米冈，在看到这串文字之后都惊叹连连，先是一阵大笑，然后安静下来。

"还有，这位作家的文章很明显地越写到后面越乱。本来文字还算密密麻麻，后面却频繁地使用换行充页数，整体越来越词穷，赘字却大增。"

"……"

"森林木一该不会被某间出版社监禁，逼着交出大量稿件吧？"

"没那回事，他上星期才接受过我们家《书的杂色》的专访，贝冢应该也陪同出席了。"

"你也太熟了吧。"

"他很帅啊，我一直关注他的 SNS。"

这恐怕是悦子长这么大以来第一次爱上读小说。在此之前，她不曾有过"追着剧情"的想法。放任不管也没关系，她也不想对作家的事过度干涉，只是这七个字实在很吓人，她无法装作没看见，所以才决定找米冈商量。

"你下次和贝冢聊天时，可以帮我探听口风吗？"

"好是好，但你为什么不自己问呢？"

"反正我去问他也只会说'关你屁事'，我会被他给气死。我不想毁了现在的好心情。"

"也是哦。"

悦子和米冈一不小心就认真讨论起来，今井似乎听腻了，专心地看起菜单。

《周刊 K-bon》一年有五次合并号，其他友社旗下的刊物一年约有四次合并号。对出版社而言，一年当中最难熬的时期就是盂兰盆、岁末年初和黄金周连休，因此五次合并号算很多了。听说泡沫经济崩盘后，不少记者因为过劳而接连发生血尿，出版社因此遭受抨击，公司才开始懂得让员工适度放假。其他友社的杂志也曾传出过劳死的案例。

真可悲啊——悦子看着被人遗留在电车铁架上、封面是泳装美女的周刊杂志心想。就算记者边忍着血尿边撰写报道、校对做得万无一失、文字与排版无比完美，应该也没有读者会看得那么仔细吧。和文字的准确度相比，心里想着要脱掉写真女星泳衣内裤的人说不定还压倒性居多呢。

内裤……内裤。

悦子平顺地过完连假前的最后一个工作日，赶在东西百货打烊前冲进内衣卖场。回家以后，她从全新的黑色纸袋里，取出两组包装可爱的内衣裤。她怕犹豫太久反而会冲动买下太过火的款式，所以刻意选在关门前去，并为自己明智的选择沾沾自喜：她买了深蓝色与卡其色的内衣裤，两套都是装饰高雅的款式。他们这次预定玩三天两夜。悦子收到信息时，心里虽然想着："可以再多住几天呀！"不过她当然没胆量这样回信。

悦子望着内衣裤，因为各种妄想而苦恼，这时口袋里的手机突然传来振动，害她心跳漏了一拍。不不，我、我才没有胡思乱想！悦子下意识地对着电话解释，这才发现上面显示的名字是"森尾"。

"悦子，你到家啦？吃过晚餐了吗？"

一按下通话键，随即传来森尾仿佛被榨干的声音。

"嗯，我到家了，但我还没吃饭，妆也没卸，可以出门。"

"太好了，我们出来一起吃个饭吧？"

森尾报出距离悦子家只需坐两站地铁就到的耳熟店名后结束通话。印象中那是一家下酒菜全在两百九十日元以内、与女性杂志编辑形象不搭的平价小店。

悦子赶到被香烟与炭火炉熏得烟雾袅袅并挤满上班族的小店时，森尾已经到了。她看起来面容憔悴，对同样在吧台前坐下的悦子说"路上辛苦了"。

"你怎么了？脸色又变得这么差。"

"最近工作不太顺利。"

她手边的记事本翻到空白页面，旁边丢着一支圆珠笔。在这么混杂的店里工作，有灵感才怪吧——悦子暗想。待酒和小菜端上桌后，悦子才追问详情。

这件事说来话长。不久前，森尾提出了 *C.C* 不曾推出过的崭新企划，并成功通过企划会议，由她负责执行。根据悦子的印象，上个月发售的 *C.C* 里面，确实有两个前所未有的亮眼企划。杂志舍弃了过往强调的主题"如何受欢迎、惹人怜爱",改追求"女强人"路线,原来那是森尾负责的啊。

森尾完成了自己心满意足的特辑,然而读者问卷的反应并不好。有一位自称是杂志神秘客的知名博主,以模仿周刊杂志的耸动标题《C.C女孩终于走偏了?》发文质疑,引发读者对于新企划的反感。拜此所赐,森尾这个月的提案全部落选。

"真没想到你会为了这种事情而消沉,我好意外。森尾,你也会在意网络评论啊。"

悦子回想起在进入公司前的交流餐会上认识森尾的经过。在当时悦子的眼里,森尾是如此美丽、坚毅,既不逢迎谄媚,又能与人和谐交流,率直地表达自己的意见。她绝不是一个顽固的人,倘若情况不利于己,她会二话不说地爽快道歉。对我行我素的悦子来说,森尾柔软沉稳的处事方法吸引了她的注意。听说她是长年住在国外的归国子女后,悦子有种恍然大悟的感觉。

"现在做营销很依赖社交媒体的传播功力,杂志圈的人和影视圈的人一定会去查看网络评价……对了,这基本上不是校对员的工作,被骂的通常都是编辑?"

"嗯,读者根本不知道有校对员和审定工作者呀,我也是进公司后才知道的。"

"你为什么会被分配去校对部呢?"

"是我们的部长收留我的，听说我本来会被刷掉。"

悦子猛然想起自己忘记说了。去年年底，她从文艺校对组被调到杂志校对组时，"杏鲍菇"向她说明了当初录取她的所有经过。大致解释完毕后，森尾语带深意地说："他真是个好人。"

"但是不知道他葫芦里卖什么药，总觉得他最近怪怪的。"

"经你这么一说，我上次在咖啡厅看到那个部长在读某本书的校样，看着看着还哭了呢。"

"真的吗？他在读哪本书啊？没想到男人也会看书看到哭啊。"

"这不奇怪啊，上了年纪的大叔泪腺很发达的。我每次拿公关票去看以战争为题材的电影时，电影院里都有一堆上了年纪的大叔痛哭流涕呢。"

森尾似乎稍稍恢复了活力，不再只是拼命喝酒，还点了一盘小菜。人一般有两种类型：一种是遇到压力会暴饮暴食的类型，另一种是会厌食的类型。悦子属于前者，森尾想必是后者吧。

大约坐了一个半小时，森尾神清气爽地说"谢谢你陪我"，对着店员举手表示结账。但接下来，她却道出令悦子愣住的事实。

"我明天要出发去轻井泽的别墅玩个三天两夜。啊，那是我大学同学家的别墅啦，不是我家的。一共五个人，除了我以外的其他四人都是情侣档，话说我到底是去做什么的啊？"

"……"

"我一个多月前在总务部遇到过'贞操裤'，连她都订了我们公司在旧轻井泽的休闲度假中心呢。日期和我一模一样，说要和'小春春'一起去。'小春春'是谁啊？听起来超像机场环境促进协会的卡通代言人。"

我死定了。难道，这个协会是真实存在吗？一会儿要来查查看。

"悦子，你的黄金周要怎么过？"

"我要去轻井泽。"

"什么？不会吧？和谁去？"

"是永……"

"你原地爆炸吧！"

你才爆炸吧！悦子努力憋住这句话。没想到去度个假会遇到一堆熟人，这下怎么能放松地玩嘛！

Part 2

第二话
校对女孩
的恋爱小旅行

后篇

悦子的研习笔记　　之十四

【平装】书籍杂志一般使用的装订法，有书脊。

【中央装订】没有书脊，使用骑马钉固定中央，书籍可以平摊开。

【骑马钉】总之就是很大的订书针，上面并没有马头标示，而马也不可能帮忙装订。

嗨嗨，大家好！我是河野悦子，猜猜我现在人在哪里呢？

正确答案是这里——看到了吗——？轻井泽呀呼——！

我偶尔也想这样说说看，感受一下小确幸啊。我不知道那些女艺人说这些台词时，心中有没有小确幸啦，不过观众的心也会跟着飞扬起来。这样子啊——开心的旅程在前方等着你呢！好兴奋啊呀呼！大概就像这样吧。至少悦子每次都是怀着这种心情准时收看节目。

我为什么会跑来这里呢？本来这个时间，我应该正和亲爱的是永一同享用着美味的午餐啊。

一幢古宅伫立在下起绵绵细雨的白桦树林中，听说它建于昭和初年。当地的某户有钱人家曾经两代都住在这里。具体说到它的外观和内部装潢，如果你的脑中浮现"古色古香、典雅、挑高空间、大厅、复式、华丽"等 Instagram[①] 式

---

① Instagram：一款移动端上的社交应用，以一种快速、美妙和有趣的方式将你随时抓拍下的图片彼此分享。——编者注

的标记关键词，那你大概猜中了九成。听说现在住在这里的人，与前屋主没有任何血缘关系，纯粹是前屋主的好朋友。而这位好朋友呢，在这里举办了"仅邀请少数亲朋好友参加的私人派对"，于是，与他们毫不相干的悦子阴差阳错地来到这里……

稍微把时间向前推移。

悦子和是永直接接收了那位模特儿朋友原先为了和男朋友去旅行而订好的车票，两人在早上十点搭上从东京发车的新干线，来到轻井泽。附带一提，那位模特儿朋友是男性，而他的男朋友则是在英国工作的印度人，职业为工程师。这对情侣彼此工作忙碌，好不容易敲定出游行程，孰料其中一方最后依然为了工作抛下爱情，两人因此大吵一架，即将面临分手。悦子对此感慨良多，看来不管是异性恋还是同性恋，全天下情侣吵架的原因都大同小异呢。

——河野，你这是第几次来轻井泽玩？

两人在乘车率超过百分之百的车厢内并肩坐下后，是永如此问道。

——第三次。

——啊，和我一样。我小时候和家人来过两次，可是几乎不记得了。

——我们大学分组集训时，两次都去的轻井泽。

——真好，女子大学的集训，听起来很梦幻。

——才不呢，我们几乎没在念书，整夜通宵聚赌，打花牌和玩大富豪游戏。

——是吗？

完了，我好像说错话了。是永看起来有点儿扫兴，悦子急忙将话题带回他的童年，并且顺利地聊了一个多小时。下车之后，他们又从车站叫出租车，因为行经别墅密集地带和塞车路段，花费大约四十分钟才抵达别墅。光是赶路就累坏了，一路上还人潮汹涌。没办法，毕竟是连休假嘛。

出租别墅的总面积是悦子家的五倍大，墙壁是一整片的窗户，看上去是相当高雅的房屋。建筑物零星散布在人工种植的白桦树林之间，并且保持着间距看不清人脸的距离。世界上竟然有这么棒的休假好去处——悦子宛如发现了新世界，以好奇的心情眺望窗外。距离他们稍远的别墅露台上，两个孩子围着桌子跑来跑去，追逐嬉戏。

"怎么了？"

是永确认完水利设备后，站到悦子身旁问。

"没事，只是想到我从来没和家人来玩过，所以有点羡慕他们。"

在露台上追逐的其中一个年纪较小的孩子不慎摔了一跤，一位像是母亲的人从屋内走出来，与年纪较大的孩子一同安抚年纪小的孩子。

悦子家是做生意的，黄金周期间父母都要开店工作。盂兰盆和过年时虽然会放假，不过悦子的爷爷在她读幼儿园时生病，年纪不算大却需要家人看护；五年后爷爷过世，紧接着换成奶奶染上重病，需要家人照顾。等奶奶离开时，悦子已经过了会因为"全家出游"而手舞足蹈的年纪了。悦子的家乡非常传统，由媳妇居家照顾老人是约定俗成的规矩，因此他们也不方便让二老住进养老院。

奶奶去世后的某年过年，父亲提议："要不要和爸爸妈妈去关岛玩？"当时读高中一年级的悦子拒绝了。高中生才不想和家人去旅行，悦子当时将头撇开。然而在她的年纪即将来到二十五岁的现在，忽然对于过去有股罪恶感。人生在世，又剩下多少机会能见到父母呢？

"既然这样，你就把这次当成你第一次的家庭旅行，尽情地玩。你有想去的地方吗？"

这句话在脑内转了一圈，赶跑了她寂寞的思乡情怀，并在误会的方式下被理解。

"家庭旅行？我们算是家人吗？"

"啊，抱歉，我不是那个意思。该怎么说呢……"

你是我的爸爸吗……？还是丈夫呢……？如果我说想去圣保罗天主教教堂①会不会很奇怪啊？

"总之我们先放下行李去吃午餐吧，从这里去旧轻井泽只要走二十分钟。啊，不过如果很累就叫出租车吧。"

"不用，我精神很好！"

"太好了。我朋友事先订好了吃午餐的店，我们去那里用餐好吗？"

"当然好啊！"

悦子火速走向卧室，连打开行李的时间都不浪费，直接把整个包包扔进衣橱中。回头一看，室内有两张铺着洁白床单的大型单人床。难得出来旅行，她当然想尽情享用午餐和晚餐，却也怕亲密接触时肚子会凸出来破坏形象，于是决定少吃一点，还得尽量避免葱与蒜。这种少女心已经好几年没出现过了。

呜哇——！我真的打从心底紧张得小鹿乱撞！好想对着谁大叫啊！

"早知道就坚持推掉……"

---

① 圣保罗天主教教堂是轻井泽的观光胜地，1935年由英国人建成，也是许多情侣梦想结婚的地点。——编者注

贝冢大概是没听到悦子悔恨的低语，把像是香槟的气泡酒倒入杯中，塞到气到呆滞的悦子手中。

"你之前提过的'大帅哥'，原来是是永啊……"

"我可没有胡说哦？"

"我只是很意外。"

"那么，你能帮我保密吗？"

悦子现在位于的地点，是作家龙之峰春臣的私人宅邸。贝冢和森尾也在同一个屋檐下，黄金周的浪漫气氛都泡汤了。悦子和是永离开出租别墅，朝着旧轻井泽的方向走还不到十分钟，贝冢便搭着出租车经过，从车内探出头来叫住他们。

——连是永也受到邀请啊！宽松世代？你来这里做什么！

来约会的啊！一看不就知道吗？你这个鬼遮眼的公司小齿轮！悦子当时一定露出了想杀人的表情，幸好是永没看见。

贝冢表示，龙之峰春臣即将在私人别墅举办午餐派对，请是永务必来参加。是永回道"我正要和河野去吃午餐"，贝冢才一副心不甘情不愿的样子顺便问悦子："要不要一起来？"悦子心想："你明知道我是和他一起来的，却只想找他去啊？"于是加倍愤怒地说："你的好意我心领了。"怎知屋漏偏逢连夜雨，森尾等人刚好乘车经过。轻井泽也太小了吧。

——这不是悦子吗？天哪，好巧啊！你们住附近？

贝冢眼见森尾从车上下来，脸上顿时绽放光芒。

——森尾！我们正要去参加派对呢，方便的话要不要一起？

明明之前才被狠狠地拒绝过，还真是不死心啊。

——那里会有未来可能变成有钱人的帅哥吗？如果有我就去。

——我相信有的。

就这样，森尾终于逮到机会，不用再跟两对闪光情侣一起行动。只见她跑回原车，悄声对开车的男子说了几句话，然后提着晚宴包回来，瞪了悦子和是永一眼，眼神像在说"你们怎么好意思让我和这家伙单独相处？"一行人就这样坐进贝冢搭的出租车。竟然一而再、再而三地遇到熟人，轻井泽真的太小啦！

放眼望去，少说有五十人聚集在会场，悦子被大厅的容客量吓到了。角落放着一台古典钢琴，这里说不定能举办小型演奏会呢。

是永一走进会场马上就被女人们包围，久久回不到悦子身边。悦子感到心神不宁，但并不是因为吃醋，她问旁边的贝冢：

"哎，是永不是不露脸的吗？参加这种聚会没问题吧？那些女人会不会上传照片到 Instagram，旁边写着'见到型男作家了'之类的啊？"

"别担心，这是很封闭的社交场合，尤其是在轻井泽。"

贝冢表示，是永虽然是不露脸的作家，但出版社文艺圈的人都知道他的身份。还有，会参加这类社交活动——"轻井泽派对"的文坛人士，都很懂得对外保密。

你们是共济会①吗？悦子忍不住在心里吐槽，不过也对这样的安全维护感到很放心，举目眺望整个楼层。

"这栋房子好像书里那种会发生杀人事件的地方。"

贝冢不知被谁叫走后，森尾端着餐盘走回来说。悦子也是打从进门的那一刻起就这么想。

"感觉一会儿会有人不见，大家去二楼叫他，才发现他已经死了。当然，凶手就在我们之中。"

"你觉得谁最可疑？我觉得是他啦。"

森尾轻轻一指，悦子顺着她指的方向望去。那里站着一位眼熟的男子，正以熟练的仪态与宾客们谈笑风生，那身度假风的麻外套与相同材质的七分裤，搭配深褐色的平底凉鞋，竟然合适到引人注目。围在脖子上的轻质围巾当然是淡粉红色。悦子想起他的身份，对森尾说：

---

① 共济会：字面之意为"自由石匠"，出现在 18 世纪的英国，是一种带宗教色彩的兄弟会组织，也是庞大的秘密组织。——编者注

"他是我们公司的人。"

"真的吗？我们公司有这么像'博通'的人吗？"

"嗯，他是今年刚进来的新人，记得是这里的屋主的儿子还是孙子吧，是'Royal级的拼爹族'呢。"

补充一下，景凡社在这里使用的"Royal"并不是"皇家"的意思，语意类似中文所说的"老爷"。就算是靠母方的关系进来，一样统称为"Royal级的拼爹族"，说来还挺随便的。

"那是爱马仕Izmir系列的男士凉鞋呀？新人才买不起那种东西呢，他的杀人动机是为了钱？"

"等等，他没有杀人。他可是这栋别墅的主人的儿子或孙子，市价八万日元的凉鞋对他来说，就像花个八百日元吧？"

正当两人窃窃私语，"新人"似乎察觉了她们的视线，看了她们一眼，然后带着灿烂到令人发抖的笑容走过来。

"这不是C.C编辑部的森尾小姐与校对部的河野小姐吗？欢迎参加我们的派对，我是龙之峰的孙子——伊藤保次郎。"

原来龙之峰是笔名啊，伊藤这个姓氏听起来意外地普通呢。

"你怎么知道我们的名字？我们不是第一次见面吗？"

"像你们这么漂亮的小姐，名字我马上就记起来了。"

你是意大利人吗？——两人大概同时在心中吐槽。令人意外的是，伊藤接着对森尾说："*C. C*不久前才推出过很特别的专题报道呢，好像是叫英国朋克风？"没想到他也在追时尚杂志，难不成米冈的情报出错了？这个人锁定的目标其实是女性杂志编辑部？悦子下意识地瞪着他，旁边的森尾也提高警戒，板着脸问：

"你怎么知道？"

"我一进公司就读完全部的杂志做功课。我以前一直认为*C. C*是以可爱女孩为代表的杂志，这次还真是吃了一惊。我认为那是很棒的企划。批判社会的精神很重要，我也认为女人光靠可爱是不行的。尤其现在全世界都在关注日本的'卡哇伊（可爱）'文化，我很高兴你们在这时候推出了表达叛逆精神的英国朋克风。我从来没想到会在那本杂志里看到诅咒乐队（The Damned）①、冲击乐队（The Clash）②的名字，更没想到有一天里面会附上性手枪乐队（Sex Pistols）③、维维安·韦斯特伍德（Vivienne Westwood）④与马尔科姆·麦克拉

---

① 诅咒乐队：1976 年成立的英国朋克风的四人组合。——编者注
② 冲击乐队：1976—1986 年成立于英国，是前朋克时期具有开创意义的乐队。——编者注
③ 性手枪乐队：成立于 1972 年，是英国最有影响力的朋克摇滚乐队之一。——编者注
④ 维维安·韦斯特伍德（1941—　）：英国时装设计师，服装界的"朋克母"。——编者注

伦（Malcolm McLaren）[1]这三者之间的关系年表。啊，我高中和大学都在伦敦念书，受国外影响太深，如果让两位不舒服，我先在此道歉。毕竟我在英国住了七年之久，难免会把那里当成第二个故乡。"

伊藤滔滔不绝地发表高见，令人很想挖苦："你真的只有二十出头吗？"不知好强的森尾会如何反驳他自以为了不起的论点？

"多谢指教。"

她勉强挤出这句话。真令人意外。正当森尾准备说下一句话时，贝冢挂着不自然的笑容，面颊泛红地回来，手搭上伊藤的肩膀。

"嗯嗯嗯？伊藤啊，你在这里做什么？你们认识？"

"噢，贝冢，这是我们公司 C. C 编辑部的森尾小姐，以及校对部的河野小姐。"

"我知道啊！本人在公司可是待得比你还久哦！"

"噢，抱歉，你看起来没什么异性缘，我还以为你和女同事都不熟呢。"

只见贝冢咬牙切齿，却说不出一句反驳的话，悦子在心

---

① 马尔科姆·麦克拉伦（1946—2010）：原英国朋克乐传奇性手枪乐队经理。——编者注

中大笑"活该"。伊藤虽然给人太过世故的感觉，私底下说不定意外地是个好人呢。

之后贝冢又被远方的宾客叫走，悦子自己待了一阵子后，是永终于回来找她。森尾则在一旁与伊藤聊开了，两人的气氛相当不错。

"对不起，我被人抓走了。"

"你不用在意。有没有遇到工作上可能合作的对象呢？"

"没有。只是啊，被我视为假想敌的作家也来了，人家介绍我们认识，我去和他聊了一下。"

"是哪一位作家？"

说了我可能也不会知道——不过想归想，悦子还是随口一问，想不到是永回道：

"一位叫森林木一的作家，他写的小说世界观很难懂。说是假想敌好像不太对，应该说，他是我追求的目标吧。"

那你赢了。如果要比谁写的小说比较难懂，绝对是你遥遥领先——正当悦子犹豫着要不要说，是永率先开口：

"然后，森林邀我今晚去他家玩，我有点兴趣，你觉得呢？"

"……"

悦子瞄了一眼手表。已经下午四点多了，三天两夜的旅行，竟然浪费了整整一天出席社交场合，她感到非常恼火。

这么想吃饭，你不会自己来东京啊？悦子甚至想骂这位素未谋面的作家，但若不是这次来参加聚会，平时是永也没机会认识其他作家，因此她笑着回答"当然好呀"。再说，她也有点好奇森林木一错误百出、明显出现重复字的稿子（直到现在才想起这件事），加上听说他本人很帅，那似乎有会一会的价值。

每个产业都有传说级的奇闻轶事，而校对业也流传着几则著名的事件。悦子参加部长充满冷笑话的研习课时，几乎都是左耳进右耳出，所以只剩下模糊的印象；其中记得最清楚的，是某位女作家的女儿以"我与母亲的回忆"为主题，出版随笔集时发生的糗事。当时书末收录了某位评论家写的导读或是杂志书评——文章格式悦子已经记不得了，总之那位评论家在文中说"感谢您母亲生前给予的诸多关照"。怎知那位母亲其实还活得好好的，书籍出版后特地从国外打越洋电话通知编辑部："我还没死！"真是闹了个大笑话。

相信所有出版从业者听到这则故事都会冒冷汗吧。据说那位母亲在书籍出版的十年前便和当画家的小男朋友搬去巴黎住，从文坛销声匿迹。评论家下笔前没查清楚实在很不可取，该位书籍责编对自己负责的书心不在焉，也是显而易见。而那位校对员如果生在古代，可能得切腹谢罪了。谁要负最大的责任不是重点，一旦书籍出现纰漏，所有相关人员都要承受相同的后果。然而今天发生的重大失误，悦子也只能怨天，不能尤人。如今，她正因为某项错误而承受着与前述乌龙事件相同等级的绝望感。出乎意料的突发状况使她眼前一暗。

——生理期来了……

悦子坐在马桶上用手机传 LINE①给森尾，信息马上被读取并传来回复。

——不哭不哭眼泪是真猪（珍珠）。

——泄泄（谢谢）你哦。

太大意了。距离上次结束，不是才隔三周吗？原来太兴奋会早来是真的？悦子从来没遇过这种事，也没料到这种情况，只能在心中大叫：我到底是为了什么出来旅行的啊！

距离晚餐还有一点时间，悦子和是永一度回到出租别墅。进屋后她快步冲向卧室，从化妆包里拿出卫生巾和止痛药，回到厕所。女人的身体为什么这么不方便呢？悦子无理取闹地怨恨起上天。但是来都来了，也只能认命了。

走出厕所后，她在洗脸台前吞下止痛药，双手拍拍脸颊

---

① LINE：由韩国互联网集团 NHN 的日本子公司推出，可以免费通话、免费发短信的通讯软件。——编者注

给自己打气，接着回到客厅。天空下着毛毛细雨，窗外天色昏暗，墙边的柔光灯将屋内照成橘黄色，是永沉坐在沙发上眺望着窗外叹气，模样美得如诗如画。悦子重新感叹自己是和如此美型的对象出来旅行，但如今又能怎么办呢？她所身处的世界才是现实。

是永猛然察觉悦子像跟踪狂般呆站在旁边看着自己，赶紧对她招招手。屋子里面微风轻送，悦子这才发现窗户开了一条缝。

"会不会累？我看你和好多人说话。"

悦子努力佯装镇定，在他身旁坐下。喷在耳后的香水味自己已经闻到没有感觉，这时从是永身上飘来不知是洗发水还是香水的味道，紧接着，悦子的肩膀感受到重量。

"借我躺一下。"

他的头发轻轻碰到了脸颊和耳朵。正确来说不是"轻轻碰到"，而是强烈地散发出存在感。爆炸头比看起来的还柔软呢——悦子想到这件事还不到一秒，身体便不由自主地僵住了。是永上半身靠了过来，头枕着她的肩膀，闭上眼睛撒娇似的轻咬她的上臂一口，然后就这样静止不动。

感谢老天！我现在太幸福了！

总觉得喜悦和烦恼会一起从毛细孔喷出来，悦子毫无意义地屏息。很好，内衣裤万无一失！可是那个来了！怎么会这样——！

　　几分钟过去，是永的头向下一沉，接着传来鼻息声。悦子一阵疲软，望着天花板大大地松了一口气。她上次接触男人的身体，已经是读高中时的事了，脑子里不禁想着自己从那时起就不再是处女，尽管当时她并没有特别喜欢对方。原来男女交往是如此紧张的过程吗？悦子感受到沉沉的压力。

　　她重新审视是永垂放在沙发椅面的手，与平放在地面的脚趾，感叹着他真是老天悉心打造的艺术品，就连指节、指甲的形状与脚趾上的汗毛，都美得如梦似幻。在模特儿的圈子里，应该有很多足以与他并驾齐驱的女人吧，他为什么选上我呢？难道，他真的喜欢我吗？我是不是被骗了？最后一天他会不会要我负担全额费用呢？他的目的是上床吗？不对，我的身体没什么好觊觎的吧。凭他的长相，应该有一堆女人付钱也想倒贴和他亲热。那么，到底是为什么呢？他的目的究竟是什么？

　　疑惑不明的地方实在太多，悦子莫名地发起脾气。可恶，这小子竟然若无其事地睡着。可恶，他的睡相也太可爱了吧。不行，我无法真的对这个人生气——这段如坐针毡又伴随着幸福的时光并没有维持得太长，随后口袋中的手机发出振动，悦子怕吵醒是永，小心翼翼地拿出手机。是陌生的号码打来的，她不予理会，把手机放回屁股底下。

但是才刚挂断，手机又再次振动起来，悦子无奈地按下通话键，尽可能小声地说："喂？"

"宽松世代？你现在人在哪里？"

悦子沉默地挂断电话，正犹豫着要不要关机，对方又打来了。或许是公事上有什么急事？念在这百分之一的可能性上，悦子百般不愿地再次接起电话。

"你怎么会知道我的号码？"

"员工通讯簿上写的啊。原来你一直都和是永在一起吗？你们已经回东京啦？"

"我非得回答你不可吗？如果不是公事，我要挂了啊，现在是我的私人假期。"

"你那是什么语气啊，听起来怪恶心的。啊，是永在你旁边？你们住在一起吗？"

"我们爱怎么样关你屁事？求求你不要打扰我的黄金周和重要的假期好吗？你打给我不是为了工作吧？你知道吗，放假时接到公司的人打来的电话，已经是种骚扰了！"

"得了吧！又不是女高中生！"

旁边的爆炸头动了，肩膀顿时变轻。你看吧——都是你害的！把他吵醒啦——！

"电话？谁打来的？"

是永声音沙哑地问，刚起床的模样真是性感。悦子头晕目眩地丢下手机，声音分岔地说："没人打来啊。"

"我梦到女高中生在电车里抱怨打工。"

"现在的女高中生也是很辛苦的。"

悦子随口敷衍过去，此时下腹部猛然传来剧痛。哪天不挑，偏偏挑今天特别痛！是永似乎眼尖地察觉到悦子瞬间皱眉的痛苦表情，冰凉的双手下意识地搭住她的肩膀。

"你还好吧？怎么了？"

好痛。脸靠太近啦。千万不能皱眉头啊。怎么办？我的粉有没有脱妆？悦子故作笑脸回答："我没事。"

下一秒，嘴唇贴了上来。

……

发生的那一刻还真的说不出话呢——悦子隔了一秒才茫然思忖。在烦恼之林迷路的她，好不容易来到名为接吻的关口。怎么办？如果他想继续亲近呢？我现在刚好生理期来，他要是把手摸进内裤里可是会沾满鲜血的啊。怎么办？要怎样让他知道？万一他说是我误会，那不是糗大了吗？到、到底该怎么做啊！谁来救救我啊！

悦子觉得自己的脖子好像快要"落枕"了，心情紧张到宛如待宰的羔羊，一不小心就忘了闭上眼睛，眼珠子惊慌得转来转去。这时，是永倏地退开。

"我好像听到说话声？那通电话是不是没挂断？"

是永望着悦子的背后说。悦子急忙抓住丢在沙发上的手机，电话真的没挂断。

"喂？"

"喂？喂？宽松世代？刚刚那隔了几十秒的空白是怎么回事？"

贝冢不知为何在电话那头发怒。听到他的声音，悦子没来由地松了口气回道：

"十分抱歉，我明白了，我会转达他的。那么，我先挂了。"

悦子将电话拿离耳朵，按下结束通话键，在挂断的同时也仿佛断线一般全身乏力。照理说，她应该要对贝冢这个"程咬金"生气。不知为何，她却感到如释重负，随后又恨如此矛盾的自己。是永似乎也觉得扫兴，边放下卷起的袖子边从沙发上起身。

"差不多该出发了，我去准备一下。河野，你方便叫出租车吗？"

"好的。"

悦子走到玄关，对照墙壁上贴的附近出租车行的电话叫车。他们好不容易接吻，好不容易开开心心出来旅行……总觉得事情突然变得一团乱，头和身体变得好沉重啊。屋外依然下着雨。

怎么又是你呢？这是悦子今天第二次在内心抱怨，但她随后还是乖乖地去向作家打招呼。森林木一家与悦子他们租的别墅格局相似，窗户很大，漆着白墙，客厅宽敞。原木餐桌上摆着精致小巧的开胃小点心和竹签轻食，冰桶里放着两瓶白葡萄酒。好有格调——悦子贫乏的语汇能力，只能挤出这样的形容词。

不知为何，悦子还未踏入屋内，只是穿过外侧大门时，便有一种仿佛脸上沾到蜘蛛网的奇妙感受，原因不得而知，实际上也没有蜘蛛。可是当她推开玄关门时，同样的感受再次袭来，这次一样毫无头绪，也没有找到蜘蛛。客厅门一开，她顿时烦躁起来，这次的原因总算有着落了——是贝冢害的。

和她稍早在派对上瞥见的一样，森林是位个头娇小的男子，本人近看比远看更加瘦小，身高只比一米五七的悦子略高一点。作家简介上说他年纪很轻，实际上后脑勺却有点秃，幸好从正面看不出来，某种角度看起来有那么点像德国系的美少年……

这样也配称作信浓王子？

回想起米冈的话，悦子只能深深感受到文艺圈的帅哥数量不足。至少他不是悦子喜欢的类型。

森林、贝冢、是永与悦子坐在三十多平方米大的客厅里，森林的太太则在开放式厨房里为他们端盛料理。悦子这时才发现，人们平时并不怎么关心作家已婚还是未婚。

"我来帮忙。"

悦子向吧台内的女性搭话。料理台上摆着一颗颗裹上面包粉的椭圆形物体，女子将它们一一沉入锅中。

"感谢您的好意，真的不用帮忙，请坐着等上菜吧。"

女子有些吃惊地抬起头。这样说可能不太好，不过这位太太意外地朴实不起眼，与这栋高级别墅格格不入。悦子认为她穿的衣服并不适合接待客人。一样是朴素，她的类型却和藤岩不同，看起来气色很差，肤色苍白得吓人。每个在背后支持创作者的太太，都是这种类型吗？

是永和另外两名男子坐在靠窗的沙发上聊成一团，聊的恐怕是悦子无法介入的文学话题。她只能无聊地环视屋内，发现这里少了某样东西。

"森林老师平时都在哪儿工作呢？"

悦子一问，女子再度抬头回道：

"那里，二楼的工作间。"

对方没有主动提起"要不要去看看"，悦子也就识相地结束话题。

之前她去本乡大作的家中拜访过一次，多亏贤妻亮子的妙手，屋内打扫得一尘不染，客厅有着大大的书柜。她以为作家的家里都像那样子，但这家的客厅里没有书柜。

反正我家也没有书柜——悦子心想。

"啊！"

后方传来女人的呻吟，悦子回头察看，听见东西轻轻掉在地上的声响。三个男人所在的距离似乎听不见，因此没有发现异样。

"你没事吧？"

"我被溅起来的油烫到。"

女人按住眼睛低下头，眉头紧蹙。

"抱歉，打扰了。"

悦子致意后走进厨房。夹菜的长筷掉在地上，锅里炸的食物已经浮起，看起来是可乐饼。悦子捡起筷子，用餐巾纸拭净后，从油锅中夹起可乐饼，排放在盘子上。

"对不起，感谢您的帮忙。"

"溅到眼睛了吗？让我看一下。"

女人好不容易才将手拿开，她的右眼下方有一处发红，围裙下穿着起满毛球的白色化纤的运动服，袖口脏得有些不自然。悦子感到疑惑：这种脏法太奇怪了。

"森林老师会对您施暴吗？"

悦子将餐巾纸沾湿递给她时，小声地问。

"咦？"

"那是血吧？"

"不，您完全误会了。"女子道谢后接过湿纸巾，继续说道："敝姓饭山，是森林以夫妻的名义同居的妻子。抱歉，拖到现在才自我介绍。我们家很久没有客人来了，我有点手忙脚乱……"

她边说边行礼。

"啊，我叫河野悦子，是景凡社的员工。"

没有名片真不方便自我介绍——悦子边想边低头。

"哎呀，想必您是负责是永老师的编辑？"

"不是的，呃——解释起来很复杂。"

无法明言自己的立场令她稍有不甘，但她现在更在意饭山这个人。袖口的污渍是鲜红色的，怎么看都像血，其中必有内幕。如果只是刚刚擦了鼻血还能笑着带过。悦子知道随便插手别人的家务事会给自己带来麻烦。可是、可是，如果饭山真的遇到家暴，某天不幸丧命，哪怕她们只有一面之缘，悦子也会良心不安的。

"还是让我帮忙吧。"

看见饭山以湿纸巾按住被油烫伤的眼角继续忙，悦子忍不住开口。这次饭山坦率地说"真不好意思"，从锅前退开。悦子捞起油锅里剩下的可乐饼，接着问道：

"以夫妻的名义同居，表示两位没有正式递交结婚申请？

你们同居多久了呢？"

"大概十年了，当时森林还不红。"

"十年！好久啊！和一个人同居这么久不会腻吗？"

面对悦子冒失的问题，饭山虽然略感惊讶，但也马上回答"不会"。

"是我对他一见钟情。我本来是他的小书迷，豁出去告白后，他竟然答应了。"

"请问您目前在上班吗？"

"什么？"

"呃，抱歉，我问得不妥。只是想到两位还没正式结婚，您应该不算是全职的家庭主妇？"

"噢……您是上班族，会这么想并不奇怪。不过严格说来，我比较接近全职家庭主妇，尽管我们没有正式的婚姻关系。我也有点像是他的秘书吧。"

……没想到还真有小说家有自己的秘书呢。

悦子端着盛好菜肴的盘子上菜时，森林急忙来到桌前向她致歉。悦子低头说"别客气"，看着森林从她手中接过盘子，依然觉得哪里怪怪的。饭山穿着如此肮脏的运动服，反观森林，袖口干净得不得了。

这就叫作"糟糠之妻"吧。

"理沙，去地下室拿红酒来。"

饭山依言点头，走出厨房。

"这里还有地下室啊？"

"有的，上一位屋主喜欢喝酒，因此装了藏酒柜。"

有钱人。悦子贫瘠的字典里，只能想出这个单词了。

"哇！好棒啊，方便参观吗？"

"当然可以。"

悦子跟随饭山离开客厅，步下通往地下室的楼梯。细窄的走廊左侧墙面的一部分被改造成藏酒柜。

"好酷啊，太酷了！嗯，这个房间是？"

悦子望着右手边的房门问道。

"是工作间。"

饭山打开藏酒柜的玻璃门，边挑选红酒边回答。

"……"

又是那种宛如黏到蜘蛛网的不对劲感。悦子迅速在脑中回想一遍来做客后所感受到的一连串怪异感受，然后一一得出解答。大门旁边的电线杆上标示的地址、玄关鞋柜上放的邮件包裹与地下室的工作间……悦子缓缓从口袋中取出手机，这里收不到信号，也连不上 Wi-Fi。

"不好意思，我想借洗手间用一下。"

饭山向她说明洗手间的位置，取出一瓶酒后送她上楼。悦子按照指示前往厕所，关上门后把耳朵贴住门板。十秒后，饭山的脚步声接近，朝客厅的方向远去。悦子轻轻推开门，蹑手蹑脚地再次下楼。

刚才，饭山明明说森林的工作间在二楼。

——我、无法、从那里离开。

那句话很像求救信号。想求救的话，发邮件或打电话不是比较快吗？为什么要写在书稿里？

悦子豁出去地压下右侧房门的门把，门竟然没锁。她想象里面关着一个瘦削的奴隶青年，夜以继日地赶着稿子——他是森林的影子写手，饭山袖口上沾的血，应该是殴打那名奴隶时弄到的。然而室内空无一人，只见桌上放着笔记本电脑与校样。在这个连不上 Wi-Fi 的环境下，那台电脑只插着电源线，没见到网线。

桌上的校样是悦子前些日子才校对过的《周刊 K-bon》，但旁边还放着好几捆页码厚到足以集结成单行本的打印稿。看它们被一捆一捆地卷着，应该是送去排版前先打印出来修改用的吧。Word 文档的打印稿上有许多编辑留下的铅笔和红笔注记。悦子快速看过几行，内容是明治到昭和初年的故事。

字迹好眼熟啊，是我们家接下来要出的书吗？悦子翻回最前面，确认编辑留下的信息，却越看越迷糊。

收件人不是森林的名字，而是"槙岛佑"，责任编辑是"景凡社文艺编辑部·贝冢八郎"。景凡社里姓贝冢的人只有一人，那个人现在就在楼上。成堆的书稿下方还放着好几个寄件用的景凡社牛皮信封袋，交寄单上写着"存局候领"，下边的署名也是"槙岛佑"。存局候领需要携带身份证明才能领取，所以这肯定是本名。

谁是槙岛佑？这个姓要怎么念？这是森林的本名吗？不对啊，通常编辑留言给作家时，用的是笔名而非本名。的确是有不少作家刚出道时会用好几个笔名写轻小说，难道森林也是这一类作家，曾经使用本名当作笔名之一吗？但景凡社会让炙手可热的作家一边连载，一边推出其他单行本吗？

悦子用手机拍下校样，悄悄退出房门，蹑手蹑脚、若无其事地回到客厅。在沙发畅谈的三个男人已经围坐在餐桌前喝酒。

"你是掉到马桶里了吗？去厕所那么久。"

贝冢八郎（原来他叫八郎……）一看见悦子的脸就说。

"讨厌，你还真的一点都不贴心呢，这样会交不到女朋友吧？"

悦子笑着回敬，在是永旁边的椅子坐下。见是永拿起酒瓶，悦子端起面前的酒杯接受好意。

干杯之后，悦子悄悄在桌面下偷看刚刚拍的照片，并在网上搜寻"槙岛佑"，然后从为数不多的搜寻结果中找到了答案。

"景凡社文艺新人奖　入围最终决选　《大正红叶阪协奏曲》槙岛佑"

悦子之前听米冈说过，参加新人奖并打入最终决选的人，会拥有自己的责任编辑。现在由于经费缩减的关系，大部分的奖项都不会指派责编，不过景凡社的新人奖是有的。

责编会与自己负责的入围作家相互配合，将修正完的原稿送交评审委员会，再挑选出得奖作品。

悦子关闭浏览器，将来到这里之后发生的种种在脑中重整一遍，接着说：

"槙岛，我想再要一个盘子，可以吗？"

回话的到底会是谁呢？悦子决定赌一把。

"啊，是，请稍等。"

饭山极其自然地一听到名字就站起来，悦子对着她的背影问：

"饭山小姐，请问你，槙岛到底是谁呢？"

我　无法　从那里离开　等待　救援

放在玄关的邮件包裹的收件地址邮政编码为 389-0111。屋外电线杆的路牌上写着"××町 13"。悦子闯入地下室的房间后，全都想起来了。

我我现在居住的国家，正缓慢而确实地迈向死亡，我在边陲地带的 TS 住宅区 13P389111 的古典网络咖啡厅，打下这份文件。

假设这个"P"指的是 PLACE（地点）或 POSTAL（邮政），这些数字与连载第一回的内容完全吻合。

"我之前误以为你袖子上红红的痕迹是沾到血，那其实是钢笔的红墨水吧？"

悦子向脸色越发惨白的饭山提出质问。

"呃，等等，槙岛佑不是我们家入围最终决选的作家吗？"

贝冢完全处于状况外，交替看着悦子和饭山的脸。

"啊？现在是怎么回事？理沙，你做了什么？"

尽管不知道现在是在演哪出，但森林恐怕察觉了什么而站了起来。是永露出紧张的表情，望着神色惊慌的一群人。

"贝冢，你和槙岛佑本人开过会吗？"

"没有，她家住很远，时间上也不方便，所以我们都寄信或用电子邮件联络。等等，你怎么知道我是槙岛佑的责编啊？"

"吵死了，你先安静一点！"

"是你自己问我的啊！"

森林面无表情地瞅着饭山，饭山则静静低头。止痛药的药效退了，悦子只想快点回去。她不小心把备用药忘在出租的别墅了。她重新面向森林，大声宣告：

"森林先生，请教一下，您目前在《周刊 K-bon》连载的小说的男主角叫什么名字、住在什么地方呢？我是负责那几页的校对员，每星期都很期待看到后续呢。请问，您是从哪儿学到国家云端这个概念的？还有，我刚刚是故意把他说成'男主角'，您要是回答了，我会接着说'特托拉才不是男主角，她是女主角'。不过拐弯抹角太麻烦了，我重新再问一次吧——那部小说其实不是您写的，对吧？"

森林的脸完全僵住，还来不及开口，饭山便在悦子的面前跪地磕头。

"对不起，都是我不好！这不是木一的错，是我擅自开始的！"

"我并没有指责谁对谁错！你要用影子写手是你家的事！那个影子写手是你女朋友也是你家的事！我管你有什么理由！反正我也没兴趣知道！"

悦子忍不住暴躁地说。啊！肚子痛死了，好想回家。止痛药拿来。

"我想说的是，我每个星期都很期待看到连载！结果每一期连载里都混了求救信号，看得我好烦！这么想要人家来救你，怎么不自己想点办法！我对你们两人之间的恩恩怨怨没兴趣！自己的问题自己解决，不要影响到我们出版社好吗？还有，饭山小姐，你衣服穿得太随便了吧！森林老师，如果你还把饭山小姐当成妻子，请至少让她在需要招待客人时穿得好看一点！你不是信浓王子吗？那就好好让你的灰姑娘穿上玻璃鞋啊！"

悦子几乎一口气说完这串话。贝冢，我都说到快喘不过气了，你哑了是不是啊？悦子心中冒火，想不到率先站起来的人是是永。

"河野，我们回去吧。"

"嗯，我也想走了。"

是永抓住悦子的肩膀，将她拉离桌边。贝冢也急忙起身，一头雾水地送他们到玄关。

"呃？怎么回事？到底怎么了？"

"你自己问老师吧。不管发生什么事，都不要让《周刊K-bon》上的连载断掉，我很在意结局，我想也有很多读者和我一样。"

两人穿上鞋子走出玄关，来到外侧大门时，饭山跑过来叫住他们。

"啊，不嫌弃的话，这些拿去吃吧。"

她将匆忙塞入一大堆可乐饼的塑料保鲜盒交给悦子。

"谢谢。"

悦子接过还热腾腾的保鲜盒，向她鞠躬。

"全怪我自作主张。我不忍心见他从轻小说转战大众文艺市场后遭遇瓶颈，所以心血来潮帮他写了一本书，结果那本书竟然畅销。"

悦子完全没兴趣知道这些，她的肚子痛得受不了，觉得怎样都无所谓了。她甚至没力气抗议，只能听着女子自顾自地解释。

"谁知道，想要以'自己的名义出书'的念头与日俱增，我不抱希望地投稿参加了新人奖，竟然留到了最终决选。只是，我原先并不知道稿子需要大修改，加上贝冢先生说'我一定会让你得奖，你先继续写下一本'，我觉得压力很大，开始无法专心于连载中的小说……"

"所以你才会拼命等待救援？"

"对您真抱歉，我本来是希望贝冢先生发现的。"

"那个笨家伙肯定没发现……"

悦子没资格评断这对情侣今后该如何走下去。看到她身穿如此寒酸的衣服，只能日复一日地活在不见天日的阴影中，悦子不禁好奇她的动机，问道：

"是什么驱使您这么做的？您欣赏他哪一点？"

饭山不假思索地回答：

"脸。"

悦子心想：哦哦伙伴！然而对方语带热情地继续说：

"还有那股梦幻、高傲的气质吧。虽然他已经开始秃了顶，那股吉尔贝尔①的气质依然没变。我以前曾经用'饭山理沙'为笔名，撰写以木一为创作雏形的女王受原创同人小说，在同人活动上贩卖。他是我毕生追求的理想小受。我不想当灰姑娘，我只要当他的仆人就好。待在他身边，就是我的幸福。我们怎么可以结婚呢？吉尔贝尔是不会和任何人结婚的。"

嗯？听不懂她在说什么……我们算是伙伴吗？

都怪生理期突然来搅局，害悦子诸事不顺，已经开始自暴自弃了。是永见她一回到别墅马上像个毒瘾发作的病患、狂吞下止痛药，总算察觉："你是不是身体不舒服？"

"对不起，我一直说不出口，我肚子好痛啊。"

悦子放弃挣扎地说。

"原来如此，抱歉，我没发现，害你一直撑着。"

两人和刚才一样，并肩坐在宽广的沙发上休息。静待疼痛过去后，是永小心翼翼地伸手搂住她的肩膀。

---

① 日本知名少女漫画家竹宫惠子笔下的耽美漫画始祖《风与木之诗》中的角色。——编者注

"河野，谢谢你。"

"为什么是你要和我道谢？"

"嗯，该怎么说呢，很高兴你来景凡社工作并且能和我相遇。"

完全搞不懂！不，那种心情大概就像某些日本流行乐的歌词吧，"谢谢你诞生到这个世界"！可是，为什么挑这个时机说呢？

"你以后就用刚刚那种说话方式和我讲话吧。可能你面对的是作家，就不会顾虑太多吧。可是，我希望你用那种方式和我说话，因为，我最喜欢不论面对谁都敢畅所欲言的河野了。"

"我可是在女子大学的分组集训整夜通宵聚赌玩花牌的人哦，你听到时不是吓到了吗？"

"是有一点点吓到，不过我想绝大部分的女孩子都是那样吧。"

不不，我可没听说学校有其他小组干这种事——悦子正要回答，数秒前是永说的"我最喜欢河野"突然像回力镖般转了回来，敲中悦子的额头中心。

"咦！喜欢？"

"嗯，喜欢，我最喜欢你了。"

是永更加用力地拥住她的肩膀。悦子忍着下腹部的闷痛，躺靠在他的胸膛，心里想着：也就是说，他愿意接受我私底下最真实的一面喽？最真实的我是什么样子呢？见悦子静静地没说话，是永开始慢慢道出心声：

"我现在每个工作都做得不是很好。虽然以作家的身份出了五本书，但那些书完全不卖，光靠当作家的收入无法维生，所以不得不继续兼作模特儿。不过，我不讨厌当模特儿，只是这份工作一样收入不稳定，所以我也无法辞掉可以立刻领到钱的咖啡厅的兼职。我已经过了二十五岁了，必须认真思考未来的出路才行，最近真的很烦恼。"

"原来是这样。"

"我本来一直在想，像森林那种成功的作家会是怎样的人，因为好奇才答应了邀约。但是，假设你的推理正确，那个人其实并没有成功。"

"不不，没到推理那个程度，我只是在校对时偶然发现隐藏在当中的信息罢了。不过，如果这样能让你轻松一点，我也很高兴。"

悦子轻轻把手放在他单薄的胸膛，感受着随呼吸微微起伏的骨头与当中的心跳。啊，他是活生生的人呐——如此理所当然的事，却令悦子有感而发。同时，她也绽放出笑容。

"有任何心事都别闷在心里，尽管告诉我吧。你的事情我都想知道。"

"那么，请你叫我幸人，这才是我的本名。"

　　幸人——悦子出声呼唤。悦子——是永的唇形如是说。就在这时，口袋里的手机传来振动，悦子掏出半截电话一看，显示的似乎是贝冢的电话号码，于是她又把手机塞回去。放在肩部的手摸摸她的头，接着轻触脸颊。指尖的触感令悦子舒服得眯起眼睛，接着他们在今天第二次亲吻。她不像上次那样混乱了。她想进入是永的心灵深处，想了解更多的他。

　　对了，饭山说的"女王受"是什么意思呢？晚点再查查吧。

Part 3

第三话
某天早上
突如其来的
人事变动

前篇

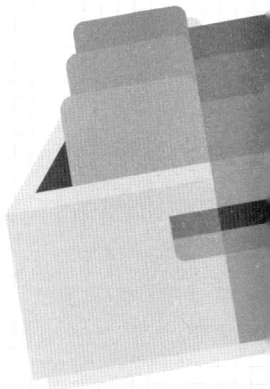

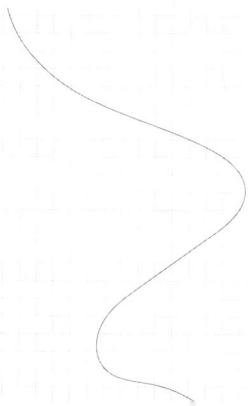

悦子的研习笔记　之十五

【图片说明】解释图片的文字，如照片下方的小字。也有"标注"之意，不过杂志或书籍更常用"图片说明"来称呼它。

【文摘】在文章的标题后放出一百字左右的内容摘要，作为整篇文章的引文。

【正文】如字面所述。下一页开始的新篇章也是"正文"哦。

各位知道现今出版社从发出招聘信息，选出合格的应聘者，到最后正式进入公司，大概是多少人吗？以知名的大公司为例，去年明坛社一共十七位、磷朝社三位、冬虫夏草社两位。以河野悦子任职的景凡社为例，她刚进公司那一年还有六位新人，直到去年只剩下三人，少则一至零人都有可能。若将范围缩小至"不熟悉出版业的一般大众叫得出名字的出版社"，全部的新员工加起来，甚至不到一百人。

　　人力如此精简，却要制作这么多的出版物，这样真的没问题吗？这是不了解社会现状的人常有的疑问。事实上出版社也时常中途录取从其他行业跳槽过来的人。除此之外，外聘、外包和合作也是常见的做法。

　　我们先把出版社放一边，来谈谈其他行业吧。以大型核心局①的"帝国电视台"的某综艺节目来举例。当中只有执行

---

① 　日本商业无线电视界用语，泛指位于首都圈的电视台。——编者注

制作人和协助主持工作的年轻女主播是电视台的正式员工，其余在制作人之下的五十个制作小组成员全属于外聘，就连节目本身都是由所谓的"制作公司"向电视台提企划，通过之后才开始拍摄录像。即便是由电视台主导的电视节目，小组成员也可能全是派遣人员。不仅如此，制作公司也会利用短期约聘来招人。摄影师、导播等专业技术人员多为自由职业者，有需求时可向他们的经纪公司联系洽询。

听说 IT 产业在分工上的复杂程度完全不亚于电视台，外包厂商还有自己的下游厂商、下下游厂商，甚至下下下游厂商，组成方式简直就是座金字塔。悦子曾经校对过一本无限接近现实的 IT 产业小说，内容提及某大型供货商以月薪两百万日元募集人才，主角最后却以月薪三十万日元的低薪接下项目，因为中间被七家厂商剥了七层皮。主角名义上是那家公司的项目负责人，却没有自己的名片。这实在太不像话了——悦子感到愤愤不平，实际调查后才发现，这是过去常见的真实案例。

站在出版这个狭小业界顶端的，就是"大型出版社"了。前面提到的"大型核心局"和"大型供货商"，就相当于出版社当中的"综合编辑公司"，这里简称"综编"，而不称"制作公司"。大型综合编辑公司承包了出版企划、取材、摄影、校对等多项业务，这时出版社只需出钱和出一张嘴。其他还有专门负责取材和撰写原稿的综编，或是只负责校对、校正的综编。

景凡社也和这些出版社一样，善用综编与自由职业者等人力资源。以悦子现在负责校对的《周刊 K-bon》为例，公司内部的正式编辑仅有二十人，但签约合作的记者、写手、摄影师等加起来超过两百人之多。女性时尚杂志也一样，编辑部内仅有寥寥数人，每一本杂志平均却有大约二十名写手参与日常业务往来。若是连实习的大学生也算进去，C. C大约四十人左右。没有这些外部人力的参与，书籍杂志就无法孕育而生——请各位在了解上述事实的前提下，继续阅读故事。

五月下旬，公司颁布了临时调职令。人事变动的对象共三名，悦子以不敢置信的心情，呆望着社内布告栏上贴的人事调职令。

六月一日颁布以下调职令

记

河野悦子　原任职单位：校对部　新任职单位：Lassy noces 编辑部

悦子大约盯着看了二十秒之久。她生怕一个眨眼就会从梦中醒来，所以好半天都不敢眨眼睛。

Lassy noces 是悦子憧憬的 *Lassy* 推出的结婚主题季刊增刊号。这本季刊去年才创刊，目前出了三期，预计下周推出第四期。总编是 *Every* 的副总编楠城和子，一共是五人编制，悦子就只知道这么多了。她做梦也没想到未婚的自己会被调到 *noces* 编辑部。

即使眨了眼睛，公告依然没消失。悦子觉得一切都太不真实，只是茫然地心想：我……总算实现梦想了……

"恭喜啊，欢迎随时回来校对部哟。"

一进办公室米冈便说。谁要回来啊——悦子吞下这句话。对她来说，要离开这个部门，心中多少有点——真的只有一点点，大概一毫米的不舍吧。这时，不远处传来"杏鲍菇"的声音：

"可以的话我真不想放人走，我希望你继续留在我们部门。"

"呃，你这是主管施压还是性骚扰呀？你喜欢我吗？"

"喂，宽松世代真是超难相处。"

"你以为我想出生在宽松世代吗！还有拜托你，五十几岁的大叔了，不要再用'超'，听得我耳朵都痛了！"

啊，像这样打打闹闹的日子没剩几天了，好失落啊——

感伤归感伤，不一会儿她心中就被即将调去围绕着 *Lassy* 光环的杂志的喜悦所占满，使她一整天都眉开眼笑。

几天后，六月一日来临，悦子正式转入 *Lassy noces* 编辑部。*Lassy noces* 编辑部不在女性杂志编辑部集中的楼层，而是位于实用书、艺术类相关编辑部集中的楼层，人数虽少，使用空间还挺大的。

"请各位多多指教！"

月初似乎是他们的定时出勤日，五位编辑与两位长期实习生全都准时在九点进入公司，悦子向众人深深鞠躬问好。她紧张得心脏仿佛都要跳出来了，感觉就算去见心仪的偶像也没这么紧张。

"以后就请绵贯负责教你了。"楠城总编说。

姓绵贯的女子看着约四十岁，她朝着悦子轻轻点头微笑，和蔼可亲的脸，仿佛后面有光芒射来。

"河野，与其说你像时尚杂志编辑，不如说，你更像时尚杂志本身呢。"

朝会结束后，悦子跟着绵贯来到编辑部内部用来堆放借来的礼服配饰、偶尔也用来调整穿搭的"小仓库"内聆听说明时，对方说了这么一句话。这是悦子第一天来新部门上班，事前当然特别用心准备，换上蓝色系的单色套装，准备将自己打扮成精明干练的女强人一决胜负，结果却换来对方不知是褒是贬的评价，但她只是笑笑。

"听说你曾经向登纪子大师提出建议？那件事在我们编辑部也喧腾一时哟，大家都说来了一个有胆识的新人呢。"

这显然不是赞美，而是下马威。悦子紧张得腋下狂冒汗。

"关于那件事，我后来认真地反省过了。"

"是吗？那也算是光荣的负伤呀。"

悦子知道这句话的意思，却不明白为何会出现在这里。绵贯见她一阵发呆，用不可思议的表情问："哎呀，你没在听？"悦子点头后，她才开始道出这次人事变动的来龙去脉。

来到每盘小菜只要两百九十日元的居酒屋里，悦子面向森尾和今井趴在桌上，这是她与森尾在轻井泽见面后相隔一个月后的聚餐。两个星期前，悦子才碰巧与藤岩单独吃过饭，她收下了已过保质期的轻井泽礼盒，还提到自己因为结婚的问题和"小春春"大吵一架（差点忘记那天藤岩也在轻井泽）。今井则是不知何时和加奈子混熟了，每隔两星期就会跑到悦子家吃鲷鱼烧，所以悦子和今井在公司外还会碰面，和森尾是真的很久没小聚了。

"我讨厌'撑下去就是赢家'这种说法，不过我想你只要死撑活撑，应该还是能留下来吧，不要那么沮丧嘛。"

"我想在印度举办婚礼，请上百个宝莱坞舞者来婚宴上跳舞，你觉得国外结婚特辑会介绍到印度吗？”

“别想了！ *noces* 是针对高雅的成熟女子创办的结婚杂志。印度？门儿都没有！”

绵贯说，悦子只是临时调来顶替用的。有一位固定配合的外发写手请了产假和育婴假，大约一年都无法工作。总编楠城找认识多年的 Fraeulein 登纪子商量对策，而她推荐了悦子。

——你们公司的校对部，有个很有胆识的年轻女孩哟。

登纪子如此说道，并将悦子写给她的信拿给楠城看。于是楠城前往人事部打听悦子这个人，得知她每隔半年就申请一次转调，野心勃勃地想加入 *Lassy* 部门。既然如此，就试用一下吧——整件事就是这样来的。

“请节哀喽。”今井噘嘴说道，悦子抬起脸苦笑地望着她。森尾看着她们一唱一和，隔了一会儿才忽然想起什么似的说：

“啊，对了，我开始和伊藤交往了。”

“谁是伊藤？是某次联谊认识的吗？”

“嗯，伊藤的确是常见姓氏，但这个不是在联谊时认识的，我说的是公司的新人伊藤啦。”

悦子努力回想这个名字，忍不住惊呼道：

“穿爱马仕 Izmir 系列凉鞋的那一位？”

"不晓得曼尼什·阿若拉①接不接婚纱设计的案子呢？"

"今井，你先安静一下！不会吧？你们在轻井泽聊过之后，就这样顺势交往了？"

"是呀，就是这样。"

不——会——吧！悦子被如此神速的剧情发展吓得用手掌直拍额头。他们当时看起来的确相谈甚欢，但她以为顶多只是交个朋友，谁知道他们竟然在一起了！

"伊藤是那个很像不丹国王的人对吧？我们前台都管他叫'三十五岁的新进员工'。"

今井在旁边用智能手机搜索着"曼尼什·阿若拉　婚纱"。不可能会有的啦——悦子在心中吐槽。

"以前好像有部医疗连续剧还是校园连续剧是叫那个名字，不过他才二十三岁，应该不……"

森尾本来想替他说点好话，想了想竟笑出来说"真的挺像呢"。

"悦子你呢？你和'爆炸头'怎么样了？有没有把床单弄得腥风血雨啊？"

"才没有！他向我告白了，但我们没有更进一步！"

---

① 印度孟买出身的知名服装设计师，作品带有强烈的民俗风格。——编者注

"你们是初中生吗？不，就连现在的初中生，恋爱学分都修得比你好哦。"

"讨厌，我不是来跟你们讲这些的！请更加认真地关心我的未来 Amiche[①]！"

"Si dovrebbe pensare a mio matrimonio!（想想我的婚礼）"

"咦？什么东西？"

稍微把时间倒带。景凡社的时尚杂志编辑，基本上不出外景工作。当然，他们需要定版，在办公室进行编辑工作，然而从定版到编务的种种杂项，并非社内编辑的工作范畴。当一个企划通过之后，该企划的责任编辑得自行寻找符合企划精神的自由撰稿人和服装造型师、安排模特儿进棚拍摄等等，编辑只在取材现场进行监督。实在忙不过来的时候，企划单位会将这些工作全部外包给综合编辑公司，不过凡事都有例外。

——在我们编辑部里，这些工作全由编辑一手包办。啊，只有摄影方面和出国拍摄外景时会请专人处理，实地取材和文字报道都是由编辑来做的，服装造型也是我们在弄。

悦子听完这些说明，着实吃了一惊。对她来说，能多接触有关最爱的时尚杂志的一切当然好，问题是，她们只有五

---

① 此为意大利语，意为"好朋友"。——编者注

人编制，这样时间真的够用吗？就连工作人员超过四十人的 *C. C* 每逢截稿日，森尾整个人都像是被抽干了似的。

——下一季的时装照片刚好来了几组。河野，交给你搭配，大概需要二十组不同的穿搭法。

绵贯搬来成捆照片，"砰！"地放在悦子的桌上，里面有从各大高级时装店的展示会场拍来的照片、厂商寄来的照片，还有各种新款目录。

我表现的时候到了！悦子精神一振，体温升高。没错，这正是我展现实力的好机会，我要加油！我才不想一年之后落寞地回到校对部！想归想，悦子越看照片，越是如陷五里雾中。每套礼服……都是白色的。女鞋……也是白色的。头纱……真的好白啊。头饰……不是白就是银。捧花……不认得花种。戒指……不是钻戒就是白金。总觉得怎么搭配都行，却又好像都不行，悦子感到困惑不已。即便如此，她还是花了两小时，想出二十种搭配法，上呈给绵贯确认。

——嗯，不错哦，你的品位果真不赖。

听到绵贯的赞美，悦子在心中握拳叫好。看吧！我办得到！然而下一秒，她的自信心一落千丈。

——那么，请为这些搭配加上全部七十字的图片说明吧。要让新娘们觉得"好想穿！"记得要把礼服的特征加进去。比方说，这件的公主线（Princess Line）很可爱，穿起来像童话故事里的公主、这件的长摆看起来很像红毯对吧？想举办什么样的婚礼、想成为哪一种新娘，每位女孩儿都各自怀抱着梦想，甚至有人只想穿"某某高级服饰店展示过的礼服"！所以遇到知名品牌，你得不着痕迹地把品牌名称加进去。

——我、办、不、到！

不论悦子再怎么胆大包天，这句话也说不出口。她谨慎地回复"我明白了"，接着呆坐在电脑前，手放在键盘上。手腕到手指仿佛打了石膏，坐了老半天，一个字都挤不出来。这也难怪。悦子至今虽然读过各式各样的文章，自己却不曾实际去写，也没有想写的念头。

"女性化又充满 feminine 的……"

好不容易挤出文案，悦子惊觉女性化和 feminine 语意重复，赶紧狂按删除键。

"off body 的 silhouette 加上 airy 的 chiffon 和 tulle……"

……英语太多了。

"挑逗少女心又 girly 的……"

这句的少女心和 girly 再次语意重复。那么，针对成熟高雅的女子推出的结婚信息志，到底适不适合出现"少女心"或"girly"这类字眼呢？

结果，她光是帮一组搭配加上文案就花了三十分钟。一个小时过去了，绵贯来确认进度，见她才写完两句图片说明，不禁摇头叹息。

——连实习生的速度都比你快。还有，你的用词太生硬了。你应该读过前面的季刊吧？我们杂志全部统一使用尊敬语的，你连这都没发现？

绵贯的斥责令悦子良久无语。没错，经她这么一说，*Lassy noces* 的文字风格的确都是柔和的尊敬语。悦子好歹也是校对部起家，居然犯了这种低级错误。

——抱歉，我太高兴能调来做女性杂志，有点得意忘形了。

——听说你是我们家时尚杂志的忠实读者？到底都看到哪里去啦？

"呜哇，好凶啊！不愧是绵贯，还是一样恐怖啊。"

森尾故意比出发抖的动作仰望上空。

"你听过她的事迹？"

"当然呀！我还在当读者模特儿的时候，她就待在 *E. L. Teen* 编辑部了，当时才二十几岁就坐镇编辑岗。这个人与生俱来就是当女性杂志编辑的料，新人们都很怕她呢。"

"是吗……我被那张观音脸骗了……总之就是因为这样，我完全没吃午餐。"

"午餐时间没吃午餐，对时尚杂志编辑来说是常态呢。"

今井似乎厌倦了这个话题，盯着菜单呼唤店员，点了鳀鱼干和沙丁脂眼鲱干。大小姐出身的她，恐怕不知道那是什么食物吧。鳀鱼干送来时，她不禁嚷嚷："这什么东西呀，简直就是纸片嘛！"

"唉，要怎么培养文案能力呢？森尾也要写文案对吧？"

"嗯……我到现在还是不上手……不过，你今后应该还会遇到更多难题，那些都比写文案还痛苦哦。"

森尾面露五味杂陈的表情，语重心长地说。她说得对，今天才第一天，悦子就遭遇了撞墙期。想到接下来还有重重难关要过，悦子不由得用力叹气。

悦子从来没有思考过结婚这件事，她必须从头开始打好基础。一般的情侣会在订婚后的一年左右举行结婚典礼，因此，*Lassy noces* 目前出版过的四本季刊都是由不同特辑所组成，只要连续购买一年，就能习得所有相关知识。当然，每期杂志里都会介绍婚纱礼服、婚宴场地和订婚戒指，并附上从订婚到结婚的日程表。每期附录也不忘介绍"Monsieur noces"①，只是每一本所针对的项目比重略有不同。

例如本月发行的季刊，就是着重于婚宴场地。接着，楠城在临时召开的会议上，对着小组成员们宣布：

---

① Monsieur noces：法语，男士婚礼。——编者注

"下一期终于轮到戒指了。感谢业务部谈成许多广告，礼服的版面依然充实，商业合作的国外外景也有着落。以防万一我先确认一下，河野，你有护照吗？"

"有的。"

"这次说不定得请你到伦敦跟拍，请先确定护照有没有过期。"

这不就是她憧憬已久的"出国跟拍"吗？悦子感到热血沸腾。像森尾时不时就会去国外出差，悦子每次都装作一副不屑的样子，其实心里羡慕得要死。没想到一换部门，"出国跟拍"就变成这么理所当然的事。

在悦子调来之前，他们就开过编辑会议，决定好下期的企划大纲。悦子接过摘要，正要确认内容时，会议室响起两次敲门声，对方接着推门而入。

"啊……"

悦子发出轻叹，旁边的绵贯微微瞪了她一眼。进来的人是 *Lassy* 本刊的总编——榊原仁衣奈。她身穿明明没风裙摆却会轻轻飘扬的 GUCCI 当季礼服，与令人担心地板要是有洞该怎么办、仿佛一折就断的鲁布托款（Christian Louboutin）细跟高跟鞋，一股浓郁的香水味顿时充斥整个房间。那个远在天边的人，如今近在眼前，还能嗅闻到她的味道，悦子简直兴奋到全身的毛孔都要张开了。

"榊原，我们正在开会。"

"所以我才要进来呀。听说你们的下一个外景地是伦敦？这样和我们的厂商重复了呢。楠城，能不能请你更换地点？"

"没办法呢，最近是航空公司办活动飞伦敦的旺季，不只我们一家去伦敦，市面上每一本女性杂志都是去伦敦拍。事到如今已经来不及更改，你这是明知故问。"

"我就是知道才来拜托你呀，知不知道什么叫作随机应变？"

编辑部内仿佛能听见空气结冻的声响。以前森尾曾经说过，C.C尚算和平，但年龄层越高的杂志越猛。就在刚刚，悦子亲眼看见了什么叫"猛"，吓到大气都不敢喘一口。

楠城和榊原两人互不相让。两分钟后，榊原离开编辑部。悦子由于太过紧张，已经不记得这两分钟内发生了什么事。张开的毛孔犹如吐沙失败的蛤蜊，又关了起来。

两天后的星期日，绵贯带着悦子来到帝国大饭店参加婚宴展示会。准确来说，他们在展示会开始前的早上八点，便跟随摄影师进入会场。在此之前，悦子一直都是每周休两天，因此对于假日也要出公差感到惊讶；但她更讶异的是绵贯和摄影师一脸若无其事的样子，仿佛没意识到这是假日加班。

悦子在绵贯的引荐下，从婚宴负责人手中接过名片，上面写着"宴会部 林牧夫"。她这才知道，原来结婚典礼也是一般俗称的宴会。那他们的部长就叫宴会部长喽？好欢乐啊——悦子差点笑出来，就在这时，绵贯丢来一句：

"河野，这部分的报道由你来写，请好好记住这里的气氛。"

悦子吓得挺直背脊。宴会部的林先生笑脸迎人地鞠躬道"请多多指教"，接着从主桌（新郎新娘的座位）开始绕行会场一周，介绍此次展示会的主要特色。悦子生怕忙着做笔记反而会记不住，所以只能赌赌看自己的记忆力了。摄影师拍摄完会场的照片，请绵贯和林用平板电脑检查，确认双方都没有疑虑后，继续前往服装展示间拍照。

"哇……"

悦子不禁发出感叹。几天前她才看婚纱礼服的照片看到想吐，如今亲眼看到穿在假人模特儿身上的礼服，顿时眼前一亮。那是一套立领胸前挖空设计的A字裙礼服，变幻出极光色彩的亮丽小串珠与亮片点缀出一片花海，美得令人仿佛置身仙境。

"很美呢，希望媒体那边能有相同的反响。"

林站在后面，用宛如长辈初见长孙的眼神看着悦子。

"因为，它真的很漂亮嘛，立领胸前挖空设计并不常见。"

"谢谢您的赞美，那些串珠全是由国内的工厂手工缝制的。"

这里一共有五个假人模特儿，每一套礼服都是耗费手艺、工时与金钱制成。帝国大饭店的服装展示间果然名不虚传，租借费随随便便都是三十五万日元起步。没办法，看这细致的手工和材质，光之后的清洗费应该就超过五万日元吧。

由于还有其他媒体来访，他们没有太多时间取材。摄影师也有其他行程要跑，离开饭店后便分道扬镳。悦子和绵贯利用这段时间去附近的咖啡厅吃早餐，她们接下来还要去另外两个场地参加婚宴展示会。

"听说校对部周末不用上班？"

悦子调来以后，这是绵贯第一次询问她之前的工作。

"是的，我们偶尔会去国家图书馆查数据，但几乎不用加班。离开办公室也顶多是去公司内部的数据室查数据。"

悦子比想象中还紧张，一口气灌下半杯送来的冰茶。

"我实在难以想象在同一栋公司里，竟然存在着那样的部门呢。"

"这不奇怪，公司里的人也都不知道校对部在干什么。"

"没想到公司里真的有这些人呢，平时太没有存在感了。原来不是只有我们在支撑着公司的运营啊。"

悦子完全听不懂她想表达什么，只是默默歪头。刚好早餐上桌，这段对话得以就此打住。

"刚刚帝国大饭店的林先生真的是一位很 nice（友好）的人，连对我们这种新媒体都招呼亲切，不会势利眼。不过其他地方可就不一定喽，请你多注意，别把感受都写在脸上。"

"我会小心。"

悦子咀嚼着索然无味的色拉，心里想着该如何和绵贯把话说开。她进来的情况比较特殊，没有举办迎新会，一切都如往常一般，只是换了个部门上班罢了。同部门的人有没有接纳自己也无从判断，感觉好像只是把她当成"编辑部的一员"。这在公司里是常态吗？还是温度宛如三十九度浴池的校对部太奇怪了？悦子感到一头雾水。

绵贯似乎看穿她的心事，停下用餐的手问道："怎么了？"

"没事，我还在适应新环境，有时会不知道该怎么应对。"

"不知道就自己去想、自己去查。"

"是。"

"如果没有时间想，那就直接问人吧。我们做的是季刊，进度已经很松了。你想去的是正刊吧？"

"……是。"

"那里才是真正的战场，你根本不会有时间想别的，只能依靠条件反射来应对。如果你真的想去那里，那就先在 *noces* 打好基础，能学的尽量多学一点。不懂得求生之道，去那里必死无疑。那里真的是战场。"

悦子将这番话谨记在心，接着突然想起一件事。

"对了，您曾经在 *Lassy* 编辑部待过吧？但森尾说……啊，森尾是我的同期。"

"我知道，森森对吧？当时她和凯瑟琳两个人都好可爱呀，最近似乎憔悴了不少。"

绵贯意外地露出怀念的笑容。这是悦子第一次看见她发自内心地笑，心情也因此放松了一点。

"是的，就是她。听她的语气，好像您之前都是待在 *E. L. Teen* 编辑部的。"

"那是进公司几年后才调过去的。我刚进来的时候，最先待的是 *Lassy* 编辑部哦。"

仅仅两年，绵贯就被调离 *Lassy* 编辑部。

悦子也知道那个年代。当时 *Lassy* 是全国女性月刊当中发行量居冠、广告费用最高的杂志。即使后来受到经济不景气的影响，许多杂志开始接连休刊，*Lassy* 仍是最与"休刊""停刊"这些词无缘的杂志。

"不够完美的人，在那里活不下去。必须要像是榊原那种人才行。"

"……"

绵贯说了，"不知道就自己去想，自己去查"。但也有问人比较快，或是非查不可的时候。悦子决定豁出去问：

"请问，榊原总编和楠城总编之间，有过什么恩恩怨怨？"

"恩恩怨怨！我好久没听到这个说法了！下次借我用

用吧！"

不知为何，绵贯突然发出爆笑，那感觉不像嘲笑或失笑，而是单纯觉得愉快。我果然不擅长和这个人相处——悦子抱头。

悦子在傍晚时分回到家里——准确地说，她一走进商店街在十米外看到自家店门，头就不禁痛了起来。加奈子正站在门口，烤着鲷鱼烧。

"加奈子……你今天先回去好吗……"悦子隔着日式门帘说。

加奈子抬起头，随便搭话道："你回来啦。"

"嗯……可是赛西尔正要过来呢，说是和男朋友吵架了。"

"谁是赛西尔？"

"你们公司的今井呀。"

"你们什么时候混熟的？要玩你们自己去玩，我要工作。"

"你可以去咖啡厅工作啊？"

加奈子口中的"咖啡厅"，是整条商店街里唯一的一家连锁店。这里的酱菜店与和果子店多到夸张的地步，咖啡厅却仅此一家。

"你觉得我在充满老人抱怨媳妇、夸赞孙子、聊自己生了什么疾病的地方，写得出帝国大饭店的婚宴报道吗？还有，这里可是我家呀！"

"没问题，小悦只要肯努力，没有什么事情是办不到的！"

"没错没错，小悦只要肯努力，没有什么事情是办不到的！"

忽然加入其他人的声音，悦子回头一看，今井已经到了。她的笑容依旧是那么的甜美可爱。大概是累了的关系，悦子产生一种幻觉，似乎在她背后看见花朵盛开。抱怨归抱怨，悦子也莫名松了一口气，觉得从肩膀到腰部开始逐渐放松。

今井理所当然似的走进家门，在洗手台洗手后，于餐桌前坐下。

"新部门怎么样呢？"

"嗯，还不太习惯，好累啊。"

悦子也洗手漱口，坐下来回答。

"你看起来有点无精打采呢。"

"是吗？那接下来恐怕会更加不成人形。"

"我真意外你会这么没精神，我还以为你会在那里待得很开心呢。虽说是分家，可那毕竟是你景仰已久的杂志组呀！"

"分家？我还地主咧。"

今井的话令她产生一种既视感，等等，这种时候可以使用"既视感"吗？晚点再查查吧。加奈子端着刚烤好的鲷鱼烧进来，在椅子上坐下。少了茶怪怪的，悦子无奈地将茶叶倒入茶壶，按下热水壶泡茶。

"有点类似文化冲击吧，明明待在同一家公司，做的事情却完全不一样。"

"这是当然的啊，像我也完全不知道你平时在干吗。"

今井的脸上写着"你这不是废话？"，一面大口咬下鲷鱼烧。也是啊，即便待在同一栋大楼工作，大家所镇守的岗位都各不相同。悦子原先待的部门，就像是长发姑娘住的高塔吧。记得森尾曾经说过"校对部是与世无争的地方"。

"出了塔就是战场吗？"

"我们前台才不是那么吓人的地方。"

"今井，因为你从来不与任何人作对，当然不会结下仇家啊。今天人家对我说，*Lassy* 编辑部是战场。"

今井和加奈子听到这段话，忍不住追问详情。于是，悦子尽可能详尽地将数小时前绵贯说的事情告诉她们。

Lassy noces 的总编楠城与 *Lassy* 的总编榊原是同期进入公司的老同事，而且还是同一所大学毕业的校友。楠城的第一志愿就是进入景凡社工作，榊原则是作为第一志愿的航空公司落榜才辗转来此。她们念的是不同科系，所以直到来公司参加考试之前都不认识彼此。当时是泡沫经济的鼎盛时期，曾以"紧身衣辣妹"的身份度过繁华青春的两人一拍即合，

一进公司感情就好得不得了，还被老一辈的男同事们戏称为"御神酒德利"①。绵贯在描述的时候，不时冒出悦子没听过的名词，于是她边听边偷查。

在现代人的眼里，经历过辣妹文化的女子个个都是强者。老一辈的人因为被媒体影响，容易看轻这些人，但其实这些辣妹们并不只是笑笑闹闹地享乐过活。她们通过玩乐和打工提早接触到成年社会，很早就懂得替未来做打算。据绵贯所说，在那个泡沫经济的年代，辣妹之间会互相比较"男人愿意为我花多少钱"。悦子认为这是相当合理的行为——用肉眼看得见的金额来衡量自身的价值。如果金额很高，未来大概可以和类似条件的男人结婚；如果金额很低，那就及早放弃嫁入豪门的梦想，寻找身边的小幸福，或者也可从现在开始充实自己。从别人的评价当中，往往能看见自己未察觉的盲点，因此具有一定的参考价值。

悦子深感佩服，同时也把自己的想法说出来，绵贯听过后又笑了。

——才不是你说的那个意思呢。不过，原来还能这么看待呀，宽松世代的想法真新鲜。

---

① 装入神酒供奉神明的成对酒瓶，比喻如影随形、感情融洽的好朋友。——编者注

——那，你们都是怎么衡量男人的价值呢？

——看他们的车子和手表呀。

——在东京都内需要买车吗？地铁哪儿都能去，除非工作需要开车送货，否则连车子的保养费都算进去，说不定坐出租车反而比较便宜？想知道时间的话，看手机或平板电脑就可以了。

——那个年代还没有手机呢。

——啊，对。

——太神奇了，原来我们代沟这么深呢？

楠城和榊原也是如此。拥有较高身价的她们，很早便看见自己的未来。唯一不同的是，楠城决定充实自己的职业女性的资历，榊原决定去寻找条件更好的伴侣，两人的目标才会出现差异。

当时，景凡社在法国巴黎有合作的分公司，每隔三年会从女性时尚杂志、男性时尚杂志编辑部中各选出一位年轻人，派遣到巴黎进修。楠城将景凡社列为第一志愿的原因，就是看上这项制度；她想去国外拓宽视野，提升自己的竞争力。进公司第二年，她参加了第一次的选拔会，结果落选了。三年之后，楠城再度挑战，而一直对此不感兴趣的榊原不知为何偷偷参加了考试。最后楠城落败，榊原却被选上了。

——呜哇！听起来糟透了。

——感觉真的很不好吧。然后啊，第三年过完后，公司和巴黎那边中断合作，所以最后只有榊原去过法国呢。

"想不到那两人之间，有过这样一段过去。"

今井听得津津有味，叹气之后，感慨颇深地说。

"连你都不知道吗？"

"我知道她们感情交恶。但这似乎是禁忌话题，我不敢随便问人。"

的确是禁忌话题。绵贯也只从楠城口中听过一次这件事。尽管楠城对她恨之入骨，绵贯却不曾听她说过榊原的坏话，因此知道这段过去的人其实并不多。绵贯之所以告诉悦子这些过往，是怕悦子跑去问本人，或是和其他人胡乱打听消息。

"然后，这件事还有后续发展。"

悦子倾身向前，今井也露出正经的表情点点头。接下来要说的才是重点。

三年后，榊原从巴黎的时尚杂志学成归国。原先她是为了和飞行员、职业棒球选手或是艺人结婚才选择到航空公司就职，落榜后靠着些微的关系来到景凡社上班，意外地走上女强人这条路。善于社交的她在巴黎培养出丰富的人脉，开始向崇尚高级名牌的日本年轻女孩介绍起"只有内行人才懂"、粉领族的薪水买得起、稍微听过就能满足优越感的高级服装店。在那个网络尚未盛行的年代，她在回国后任职的 *Lassy* 编辑部创立了名为"仁衣奈的巴黎情报站"的专栏。这个单元立刻受到当时对清一色介绍高级名牌的粉领族杂志感到厌倦、追求新潮流的女性们的喜爱，成为杰出的企划案。若是换成"悦子的巴黎情报站"或是"登代子的巴黎情报站"，这个企划都不会成功，只有仁衣奈够格当巴黎的代言人。一年后，本来的单页专栏变成了跨页专栏；两年后，杂志多了由榊原仁衣奈担任责编的附录小册子；三年后，以同样概念为主打的杂志创刊了。

"那本杂志该不会是 *Vingt Neuf* 吧？"

一直听得心不在焉的加奈子突然双眼一亮，发出巨响站起来。"求求你不要再把地板弄破了。"悦子要她冷静地坐回去。

"加奈子，你竟然听过那本杂志？它已经停刊十年以上了吧？"

"那可是少女心目中的殿堂级杂志，我还特地跑去二手书店淘宝呢，翻翻看很有趣呀。"

没想到眼前就藏着一个读者，悦子大感讶异。真意外会从加奈子口中听到"二手书店"这个词，原来她也会逛书店啊。

"咦！原来小悦现在就是和那本杂志的总编共事吗？好羡慕啊！"

"加奈子，你都没在听，和我共事的是楠城总编啦！"

"名字好像，害我弄混了！你不能说得再简单一点吗？"

"哪里像！你仔细听着！我要继续说喽！"

Vingt Neuf 创刊后销路不错。比起一般的时尚杂志，它又更接近针对年轻族群的生活风格、文化情报志，这在当时是很新鲜的类型刊物。尽管销量不及 *Lassy*，*Vingt Neuf* 仍培养出一批死忠读者，每个月都有一定的发行量。

——不过呀，女性杂志的编辑，尤其是总编级的，看男人的眼光也会越来越高。在那个年代，当总编的女性非常少见，榊原的薪水应该很高，容易使男人们望而却步。

听到这里，悦子回想前几天来到编辑部的榊原，她的左手无名指上的确没戴戒指。还有那身打扮。不论悦子再怎么憧憬那样的行头，那都不是男人会心动的装扮。

——正当榊原在巴黎鼓角齐鸣，梦碎的楠城爽快结婚，嫁给了一位开私人诊所的医生。

鼓角齐鸣是什么意思？那到底是什么状况？悦子思索两秒之后，绵贯的话又重回脑海。

——等等，开私人诊所的医生！女性杂志编辑不是很忙吗？怎么有办法和医生结婚！

——当时楠城待在人文艺术部门，负责编制美术书和电影相关书籍的情报志，所以还能忙里偷闲。那位医生的家族上一代是美术收藏家，她去采访时认识了对方。

——太神了吧，好像在演青春偶像剧啊！

——就是会有这种事情发生呀。总之他们结婚了，还订了当时日本没进口的格拉夫（Graff）珠宝戒指，在意大利订制了全套的婚纱礼服，环游欧洲度蜜月，一年之后怀孕，请了合计两年的产假和育婴假，最后化为一个理想的幸福太太回归职场。隔了一年，她怀了第二胎，再次休息了两年，变成一个更加幸福的太太回归职场。当然，两个孩子读的都是从幼儿园直升大学的私立学校。

楠城的人生离自己好遥远——悦子听得头昏脑涨。她才二十五岁，认为结婚生子还是很久以后的事。这样听下来，楠城早在二十几岁就经历这些，感觉好伟大啊……

——你认为她们两个，谁输谁赢？

——半斤八两，没有人赢。感觉她们的人生，在半途互换了。

——就是说啊。你说那叫什么来着？恩恩怨怨？

"恩恩怨怨"这个词似乎不常在时尚杂志里看到，文艺小说里倒是很常见——悦子暗忖。附带一提，它还有"宿命""命运重合"等戏剧化的相似词。不过，"恩恩怨怨"本身带有负面的意思，如果文章里频繁地出现，需要花时间向作者提出替代用词。

——noces 是社长提议创刊的。社长对此一无所知，因为觉得"楠城是全公司最幸福的已婚妇女"才指派她当总编。我知道的就这么多，麻烦你千万不要跑去问她本人哦。

——好的，我会小心。谢谢您告诉我这些。

总觉得光听就够累了。悦子深呼吸，转转脖子。绵贯见了，想起什么似的说：

——河野，有没有人说过你是怪人？

——八成有人这么想，只是没有当面告诉我。

——你听完这些故事，竟然都没说"好棒啊！""好羡慕！"之类的。

——我很羡慕进去后再也不用参加升学考的学校，真的是真心话。

——嗯，我指的不是那个。

那是指什么呢？总之她们聊完后，又得急着赶去下一个会场。悦子一心想着"早餐钱公司会报销吗？"结果自然是不会。

今井以同情的眼光看着悦子。

"你对自己没兴趣的事，还真的毫无反应呢。"

"咦，不然呢？"

"那段话有很多令人羡慕的地方啊。"

说归说，今井并没有指明那是什么。结束话题以后，她们又东拉西扯了一小时左右，今井表示"心情舒畅多了，那我走喽"就回去了；加奈子也顺水推舟说"我肚子饿了，先走喽"，随之而去。她刚刚明明就吃了至少五个鲷鱼烧。

照理说，悦子得回到电脑前赶她的文案，但她实在提不起劲工作，最后干脆打电话给是永。本来担心他可能去咖啡厅打工了，想不到电话迅速被接起。

"小悦，你今天不用工作吗？"

"嗯，我也以为小幸你今天要打工，原来你今天休息啊？"

悦子已经没资格笑藤岩和她的男友互称为"小春春"和"小梨梨"这件事了，因为她自己也是五十步笑百步。由于两人都觉得直呼名字会害羞，最后便折中这么做。

"哎，小幸，今天公司一位前辈说我是怪人，我真的很奇怪吗？具体来说，是怎么个怪法？"

'咦！你自己不觉得吗？'

"……"

他八成也没发现自己写的小说很奇怪吧。你也没有资格笑我嘛——悦子偷偷笑出来。

"怎么了？我说了什么奇怪的话吗？"

是永连吃惊的声音都如此悦耳——悦子想多听一点，将话筒紧紧贴着耳朵。

"没事。小幸，你刚刚在干吗呢？"

"写小说写到有点卡住。"

"是吗，我也有东西要赶，可是怎样都写不出来，到现在都还不想动笔呢。"

她们今天去的三个场地皆由悦子负责撰稿。绵贯当然也会帮忙确认，但主要还是由悦子来写。

"卡住了？"

电话那头传来一阵窸窣声，呼吸声贴得更近了，感觉他用肩膀和脸颊夹住话筒，手在摸索着什么。

"嗯，我从进公司的考试之后就没再碰过写作，现在总算知道作家和文字工作者有多伟大了。"

悦子也躺到榻榻米上，一边扭来扭去地褪下丝袜，脱到剩下一件内裤，一边回答。就在这时……

"小悦，我想你。我们要不要见个面？"是永问道。

悦子顾不得自己只穿着一条内裤，马上弹起来。

"嗯！我也想你！啊，可是我报道还没写……"

"反正我们两个都卡壳，不如一起面对吧。我刚穿上衣服，现在就去你家找你。"

太巧了吧！我也才刚刚脱下衣服呢！呃，不对！

"我、我家不太方便招待客人，我们要不要在外头碰面……？"

"我想看看你住的地方。只要你不是和男人同居，住哪都无所谓。"

当然不可能和男人同居。昨天打扫过了，棉被也晒了。即使如此，这里还是不能见人啊，我到底该怎么向他说明才好呢？悦子烦恼不已。

不过是永也不是普通的怪，竟然对在轻井泽向第一次见面的人口出恶言的悦子说"谢谢你喜欢我"，或许他不会在意吧。问题是，万一他们不小心滚上床，是永又是行为特别狂野的类型，这个家恐怕有垮掉的可能。不对，他都说是为了两人一起面对工作才来的，应该不会变成那样吧。看来似乎没问题。

"好吧。你下车时打电话给我，我去接你。"

是永雀跃地说"大概三十分钟后到"，两人便结束了通话。

接下来的发展一如预期。悦子带着是永来到家门口——不，应该说是店门口，正要从口袋拿出钥匙，是永抓住了她的手。

"啊？这是你家？这不是人家的店铺吗？"

"没错，我住在这里。这里以前是一家鲷鱼烧店。"

超帅的爆炸头型男出现在老街里，果然很扎眼，路过的行人无不侧目盯着他们，当中似乎有人窃窃私语："是不是艺人啊？"悦子只能赶紧开门，让欲言又止的是永先进去再说。

"这是你父母家吗？我进去没问题吗？"

"不，我老家在栃木县，这里是我以每月六万五千日元租下的。"

"好便宜！东京都内竟然能租到这么便宜的独栋民房？"

"所以我才不想让客人进来。"

"不不，小悦太强了，原来你是省钱高手，我又重新爱上你了！我之前读过一本小说，里面有个男人迷上了住在大楼顶楼铁皮屋里的女人，我现在总算明白那个男人的心情了！"

不，请你别把我家和铁皮屋混为一谈。果然，这个人还真不是普通的怪！

Part 4

第四话　某天早上突如其来的人事变动

后篇

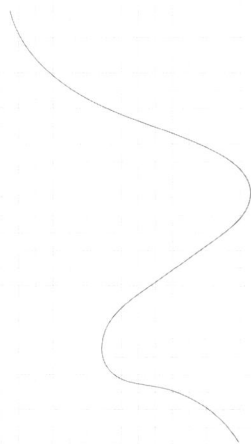

悦子的研习笔记　　之十六

【软文】伪装成杂志报道的广告，不仔细看图片说明或宣传文案不会发现是广告。如果文章内提到的商品全部来自同一家厂商，是软文的概率很高。

【纯广告】不做伪装的广告。品牌名称、公司名称和商品名称会放在很显眼的地方。

六月某日的星期一早晨，尽管天空灰蒙蒙的好似快下雨，悦子仍以舒爽的心情睁开眼，同时为屋子没垮而放心。起床之后，她借着薄窗帘缝隙外洒落的微光，眺望着纤纤手腕和脚探出凉被与床单的男人睡颜好半晌。

　　经过这一夜缠绵，悦子的心理阴影面积可不是吹牛。要形容的话，大概就像长期荒废、崩塌堵塞的隧道，历经第二次打通仪式的感觉吧。还有这栋房子。为什么事情不是发生在美美的酒店，而是这栋做得太激烈可能会垮掉的屋子里呢？其实悦子不是真的在意这些事，只是身为一个淑女，好像应该在意一下？

　　"……早安。"

　　不知道是不是她的视线太热情，是永微微张开眼睛，感受到刺眼的晨光而皱眉，声音沙哑地问早。

　　啊！这不是我向往多时的"早晨啁啾"吗！（作品当中跳过性爱场景的细节不做描述，借由中场歇幕、转换场景等手法跳到早晨醒来时。这是一种暗指亲热后的表现手法。早晨啁啾的"啁啾"来自晨间麻雀的叫声。出自"Niconico[1]大百科"。)

"早安，背会不会痛？褥子是不是很硬？"

"嗯……好像有点痛。"

那当然，这里没有床，只能在榻榻米上铺上薄薄的褥子共枕而眠。

"早餐我只会煎荷包蛋，要吃吗？"

"嗯。我可以再睡一会儿吗？"

"好，我煎完叫你起床。"

悦子在凉被中摸索出揉成一团的内裤和T恤，穿上后正准备离开被窝，手突然被抓住。"谢谢。"语毕，是永亲吻她的脸颊。

"河野，你的脸看起来很不庄重，请注意一下。"

绵贯低声警告，悦子心惊地抬起头。

"咦！我脱妆了吗？对不起！"

"不是，是你的脸部肌肉往令人不适的方向松弛。"

---

[1] Niconico：NIWANGO公司所提供的线上动画影片分享网站。——编者注

好恶毒啊。不过悦子丝毫不为所动，她现在是幸福的女人，终于能够领略新娘子的幸福。今天写报道时文思泉涌，正当她忙到一半，两名实习生推着两台载着大型货物的推车回到编辑部。

"这是明天拍照要用的东西，直接放进小仓库吗？"

"辛苦了，那就拜托喽。河野，你去帮忙贴鞋底。"

贴鞋底？悦子听不懂，一阵发愣，两名实习生招手说"我教你"。

小仓库逐渐被堆满，比普通衣服更占空间的婚纱礼服占据了墙边铁架，剩余的空间则高高堆起了鞋盒。实习生间宫确认盒子上的标签后，从中取出一个鞋盒，打开盖子。

"这双是商品，不是样品，鞋底还是皮制的。如果是样品的话就不用管它，如果是售卖用的商品，我们要在外拍前做好防护措施，防止鞋底和鞋子本身出现磨损。一旦商品出现损伤，厂商会叫公司买单，所以千万小心。"

"好。"

悦子心想"好麻烦啊"，实际做起来也真的很麻烦。只见间宫以熟练的动作将羊毛毡裁切成鞋底的形状，在不好拿捏的边缘处粘上细的保护胶带固定，悦子认真地照做，结果却被斥责：

"胶带粘得太靠上会被看到。有皮的地方也不能粘，鞋底掉色怎么办？"

间宫严厉地督促着。大概是见悦子表现得意兴阑珊，他
又说：

"这是每一本杂志的必经过程，不过只有 *noces* 会让新人
以外的正式员工负责打杂。"

"……"

时尚杂志编辑的工作，好像跟我想的不太一样？

几天后，悦子第一次前往"跟拍"。这是绵贯负责的企
划。拜好天气所赐，外拍也能顺利进行。一行人清晨五点在
公司集合，天色未明，模特儿、编辑、造型师、发妆师、合
作厂商的营销专员和广告代理公司的业务员便坐上外景车，
浩浩荡荡地前往神奈川县沿海的海滩小屋摄影棚兼餐厅进行
拍摄。这是一家颇受欢迎的新兴摄影棚，他们打算以大海为
背景拍摄在沙滩结婚的情境照。由于一共要换五套服装，小
配件又多，他们一共出动了三台外景车。

一行人在六点半前抵达摄影棚，悦子与外景车的司机一
起布置摄影棚。她在沙滩铺上白色长布，做出类似红毯的走
道，并在不显眼的地方固定；接着从摄影棚搬来桌子、缀上
花饰，在海边搭上装饰用的十字架当作背景，完成后向绵贯
报告。同一时间，发妆师与造型师在摄影棚内为不同的模特

儿上妆打扮。直到这一刻，悦子才第一次涌现"我在时尚杂志工作"的真实感。

"辛苦你了。"

绵贯难得丢来一句慰问，悦子却忙着透过镜子偷看梳妆台前的模特儿而错过了。她的注意力全放在行程表上，以至于忘了确认企划书的细项。今天主要请来的模特儿是西园寺律子，她是悦子从前最爱的 *Lassy* 专属模特儿西园寺直子相差十岁的妹妹。绵贯见悦子瞠目结舌，追问道：

"怎么了？"

"没有啦，我以前是西园寺直子的小粉丝。"

"我还以为在你那个世代，直子已经离开杂志了呢。"

"我从高中的时候就在看了。她长得好美，好像她姐姐啊。"

悦子自以为音量很小，绵贯却还是伸手捂住她的嘴。

"不要在她本人面前提起这件事，她们姐妹感情交恶。"绵贯对她咬耳朵。

骗人的吧？悦子边点头边在内心大叫。从她发表在博客的内容来看，感觉和年纪相差甚远的妹妹感情很好啊。

待律子和负责扮演新郎的模特儿梳妆完毕后，绵贯带领他们前往摄影。悦子跟在后头，帮忙捧起礼服长长的下摆。摄影师已经准备完毕，他们马上进入拍摄。每套衣服从换装、梳妆到摄影，大约需要三十分钟；全部五套衣服，一共要花上两个半小时。由于之后还有其他摄影队在排队等候使用摄影棚，因此一刻都不能拖延。

拍摄过程直到第二套衣服结束都顺利进行着。摄影师发挥专业本领，使过程宛如五分钟烫发那般快速轻松。然而第三套衣服拍摄到一半，律子竟然穿着租来摄影用、市价二十六万日元的鞋子，突如其来地奔向沙滩，还对愣住的新郎模特儿李奥纳多与工作人员们大叫：

"这套衣服动起来拍才漂亮！哎，摄影师，快拍呀！"

短短一眨眼工夫，鞋底的防护贴就掉了，镶满施华洛世奇水晶的船型高跟鞋埋进沙子里，绵贯与摄影师急忙赶过去。

"小律，回来！"

"人……家……不……要……！"

客户和代理商看得呆若木鸡。幸好律子是客户指名的模特儿，因此他们也只能摸摸鼻子认了。悦子脱下脚上的凉鞋，赤脚狂奔而去。脱鞋子是对的，她很快便追上律子，抓住她的手臂。

"抱歉，我们已经决定好分镜了。"

"可以临时更改呀。"

"这是客户的要求。"

"是他们指名找我的，没关系啦。"

"怎么会没关系呢？你想跑步，就把全身脱光光裸奔啊！你知道这身衣服鞋子的清洁费有多吓人吗？"

"河野悦子！"

绵贯追上来，把悦子从律子身旁拉开。悦子猛然回神，察觉自己的失言，背后冷汗直流。

"绵贯，这个人是谁？她好恐怖。"

"抱歉，小律，她是新人，请你今天原谅她好不好？"

绵贯抱住律子的肩膀，哄着她回到摄影棚，悦子只能茫然眺望她们离去的背影。

在那之后，律子闹了半小时的脾气，外加失去拍照的兴致，怎么拍都拍不出好看的表情，导致拍摄作业拖长到一小时。即使发生了这段插曲，绵贯依然保持着平常心监督摄影。

"这只是家常便饭，小直那时候可是比她妹妹更难搞哟。"

悦子前往道歉时，绵贯如此说道。但其实比较严重的问题是，*Lassy* 本刊要紧接着他们使用摄影棚。

早上十点还没到，*Lassy* 的外景车便抵达摄影棚，负责人进来看见还没清场，难以置信地说：

"你们还没拍完啊？不守时会给别人造成困扰。"

绵贯对此拼命道歉，对客户也是一再地赔罪，总算勉强赶在早上十一点多让 *Lassy noces* 的摄影队撤场。短短几个小时，悦子便体验到了至今从未有过的心力交瘁。

中午十二点刚过，悦子回到公司，还来不及休息，就忙着撰写报道。下一期是戒指特辑。犹记楠城总编室宣布"这次终于轮到戒指了"时，编辑部里的人各个都面露难色，悦子总算知道原因了：要刊载的订婚戒指和结婚戒指，各种品牌加起来，竟然就超过八百款，而且每款戒指都要加上杂志自己的图片说明。试想，一般的订婚戒指和结婚戒指都是白金基本款，毫无特色可言，而编辑们却要把这些没特色的戒指硬是介绍得很有卖点，而且是八百多款，光想想就头晕啊！

念及悦子还是新人，这次只要写八十款就好，多出来的部分由绵贯协助。只见绵贯坐在身旁，一面确认拍好的戒指照片，一面机械式地敲打键盘。察觉悦子呆呆地望着自己，她忍不住说："有空盯着别人，不如多动动手，用点脑子。"

"对不……"悦子道歉到一半，编辑部的门毫无预警地打开。悦子条件反射般地回头，看见榊原总编今天依旧穿着华丽到无懈可击的衣装，裙摆飘飘地大步闯入。如果让悦子形容的话，感觉就像在看猛烈的子弹击碎窗玻璃一瞬间的慢动作回放。

"喂，楠城，现在怎么办？只因为你们拍照拖拖拉拉，就害得我们的时间被强制缩短？而且律子还说以后不接我们家工作了，你要怎么赔我啊？"

榊原边说边将档案夹甩到桌上。楠城悄声站起，深深地弯下腰。

"十分抱歉，这件事会由我们部门出面向对方致歉，请您大人有大量。"

这件事情是我造成的，我应该要跟着道歉——悦子急忙起身，但绵贯拦住她，把她拉回座位上。

"不要说话。"

"可是……"

"扛责任是总编的工作。"

两人小声对话时，榊原继续在旁边对楠城穷追猛打：

"还有，不是我挑剔，你那是什么鬼企划？这和我们家下个月找律子和李奥纳多合拍的新婚企划有什么两样？摆明了抄袭是不是啊？"

"很抱歉，是我们事前调查得不够周全。还有，榊原总编。"

"干吗？"

"今天是我女儿的生日，我想早点回家。我已经道完歉了，如果你还有很多话想说，必须占用我宝贵的时间，请你写信慢慢说，好吗？"

楠城轻描淡写地回应，使现场的气氛瞬间降至冰点。办公室内鸦雀无声，只响起榊原的咋舌声。

接下来这一周都是摄影期，悦子星期六日都得去公司加班，只能趁晚上的时间和是永煲电话粥，还时常聊到一半忽然睡着。皮肤状况越来越差，她终于明白森尾狼狈的模样不是特例，而是常态。

"好难熬。"

一周之后，悦子总算能在晚上八点离开公司。在大门口遇到森尾时，一股劫后余生的感觉油然而生，她忍不住抓住森尾的手臂，来个大拥抱。

"毕竟 *noces* 的页数比较多嘛……"

森尾大概察觉事情不对，带着悦子来到绝对不会遇到同行的虎之门区的居酒屋。这一带都是金融和 IT 企业，两人可以畅所欲言，不怕聊业界八卦被有心人士听到。

"我不怕工作忙，这样才能多累积经验。只是，我好不容易才和小幸……呃，是永，我们好不容易渐入佳境，这时候却被工作阻挡，真的好难熬啊。"

"……小幸。"

"对不起，忘了吧。"

森尾鄙视的眼神刺痛了她的厚脸皮。悦子虽然觉得自己的行为不大得体，身体却不受控制地瘫了下去，手撑桌面吃着寿司。

"还有啊，榊原总编动不动就跑来我们编辑部开炮，我觉得压力好大啊。我看其他编辑好像都习惯了，但我就是无法用平常心面对，感觉做久了会压力大到胃穿孔。"

"你觉得压力太大，因此失去了对 *Lassy* 的热情？"

"不，我对 *Lassy* 的热情丝毫不减，只是觉得好难熬、好受伤啊。"

最令悦子感到痛苦的，无非是她最爱的杂志总编，和自己组的杂志总编水火不容这件事。

在那之后，榊原一周之内二度造访编辑部，单方面地向楠城抱怨；楠城回个一两句就会放弃似的道歉，榊原又会耸肩而去。悦子把摄影棚和模特儿重复的事告诉森尾，她讶异地皱眉。

"总觉得事有蹊跷。"

"就是说嘛，本刊和副刊的模特儿重合，本来就是常有的事啊。"

"不，我是说顺序上不对。先提报企划的应该是 *noces* 才对，顺序是固定的。"

"咦？"

"*noces* 偶尔也会任用 *C. C* 的模特儿，我去确认档期的时候，曾经遇过两次被对方以'已经先排了 *noces* 的摄影工作'为由拒绝呢，明明 *noces* 比较晚出刊。"

悦子一时之间听不懂森尾的话，等她发现之后，忽然感到毛骨悚然。

"你是说……榊原总编明知道 *noces* 的时程和企划,却故意指定一样的场地和模特儿吗?她是存心来找碴?"

"只是假设罢了。连不需要道歉的你压力都这么大,想必正面迎击的楠城总编更头痛吧。"

"是吗?为什么要做这种事?这样做很好玩吗?"

想到两人之间根深蒂固的恩恩怨怨,悦子感到一阵头晕。

"我说,悦子啊。"

正当悦子仰望天花板发呆,森尾出声道。

"怎么啦?"

"我一直很想问,你有没有讨厌过人?"

"嗯,我还蛮讨厌文艺编辑部的贝冢呀。"

悦子不明白她的意图,直觉性地将脑中浮现的人名说出来。

"啊,不是那种讨厌,我指的是看不顺眼的女性同事,像是绵贯呢?"

"我完全不知道她在想什么,不过实际相处后,发现她这个人还挺有趣的,我并不讨厌她。"

"'贞操裤'呢?你们还没熟起来之前,你会讨厌她吗?"

"我对她无感,不喜欢也不讨厌吧。"

"念书的时候呢?有没有遇过那种怎样都不想输给对方的竞争对手?"

"不，没有，为什么这么问？"

"啊——那我改变一下问法。你读的学校有没有校园暴力？你曾经被谁欺负过吗？"

"大概没有吧？不过也有可能是我没发现。"

"Jesus（上帝呀）！"森尾冒出归国子女式的反应，和刚才的悦子一样，仰望天花板。

"干吗？你怎么了？"

"我进公司后，一直觉得你哪里异于常人，如今我终于搞懂了。"

"什么意思？在其他人看来，我果然很奇怪吗？"

"你对自己以外的女人没兴趣。"

"咦，有啊，我哪有那么自我中心啦。"

"和自我中心不一样，我也不太会说。总之啊，像你这样的女生，在日本人里面很少见。"

悦子听得一愣一愣的。前几天绵贯才问她："有没有人说过你是怪人？"想不到连认识两年以上的森尾也这么觉得。

由于森尾转天需要早起，两人不到十一点便在车站告别。悦子坐上返回自家车站的地铁，透过车窗玻璃，望见仿佛老了好几岁的自己，吓得愕然无语。她在将近十二点时，拖着沉重的步伐回到家，加奈子竟然还在家里。

"小悦，你怎么这么晚回家！"

气氛似乎不太对劲，坐在餐桌前的加奈子一看见她回来随即起身，语带责备地问。

"我和森尾去喝酒了。"

"你的手机没电了吧！公司电话过了下班时间就打不通！小悦，你父亲病倒了，你母亲找不到你，只好联络房产中介！你快点回个电话！"

悦子急忙从包包中拿出手机，按下电源钮，屏幕依然没亮。这个家里也没有装室内电话，难怪悦子的妈妈只能靠女儿租房时请她当担保人的文件，打电话到加奈子任职的松冈不动产中介公司找人。

悦子疲惫的身躯仿佛灌入沉甸甸的水泥，加倍沉重。

第二天一早，悦子搭着首班车赶回栃木。昨夜她边充电边和母亲通话，得知父亲在工作时头痛倒下，就此陷入昏迷，如今躺在加护病房，尚未苏醒。医生要他们做好最坏的心理准备。

本来悦子预定下周要去伦敦出差，与母亲通完话后，她立刻打给绵贯。

——那么，下周真的不能勉强你去伦敦了。

——实在很抱歉。

——别放在心上，一定不会有事的，保重身体。

生病的不是悦子，这种时候要她"保重身体"并不恰当，但她一时之间想不到替代用词。

悦子办妥紧急探病手续后走进医院。已经到了的母亲，一见到女儿从走廊那端走来，旋即用浓浓的乡音念道："你这脑袋有问题的不孝女。"

"对不起。"

悦子无话可说，立刻道歉。

"你知道妈妈心里有多紧张？自己跑去东京读大学，毕业后也不回家里。不知道在做什么奇怪的工作，一年都不回家，出事了又找不到人。早知道女儿白养，妈妈当初就不让你去东京啦。"

"对不起。"

母亲难掩疲色地不停责问，而悦子只能垂着头，一再道歉。其实，她也没有力气回嘴了。她好想去伦敦，但她也很怀疑自己现在去伦敦能不能出上力。正当她焦虑不安时，爸爸病倒了，正好让她有了不去出差的借口——察觉自己竟有一瞬间这么想，悦子还真是被自己的心声吓坏了。

悦子乖乖听母亲念了二十分钟，不知不觉到了探病时间，她终于能进入病房看看父亲。套上隔离衣，戴上头罩，悦子进入病房，看见身上插满了管子，借由仪器维持生命的父亲，眼泪差点掉下来。平时很少想起父亲的脸，如今亲眼看见这位无疑是父亲的人正徘徊在生死边缘，少数残存于记忆中与父亲相处的"家庭记忆"，顿时如走马灯般缠绕脑海。

她想起与是永一同在轻井泽度过的时光，想起自己不曾与家人出来旅行，以及父亲难得鼓起勇气邀家人去关岛玩时，自己泼冷水拒绝的情景。她并不讨厌父亲，只是有点太过"习惯成自然"。

探视时间只有五分钟，悦子离开病房、脱下隔离衣，再次向母亲说声"对不起"。吐出经年累月的不满后，母亲似乎爽快多了，只稍微唠叨了几句（为什么染头发、裙子的花色太招摇等），接着说"你看起来也够累"，粗暴地摸摸她的头。

"有事情医院会通知我们，要不先回家休息？"

"嗯。"

如果在停车场看到的是妈妈那台老旧的轻型车，悦子感动的情绪应该会一发不可收拾吧，然而眼前出现的却是一辆闪亮如新的奔驰 C-Class 房车。

"你换车了？之前不是丰田皇冠吗？"

"为了节税呀。现在不用帮你缴学费，存了一点钱。"

悦子怀着复杂的心情，坐上还飘着新车气味的车。

悦子的老家其实还挺大的，不过在当地只是一般大，同样大小的屋子在这里随处可见。悦子推开大门，进入家中，前往自己位于二楼的房间。即使去了东京，每当她回家时，房间总是被打扫得一尘不染。这应该是理所当然的事，但事实上孩子离家后，原来的房间被当成仓库使用的案例还不少。他们应该很希望我回家吧——悦子边想边在磨损严重的书桌前的小椅子上坐下，眺望窗外的景色——天空好宽广。妈妈说要去店里看一下，载她回家后，换骑了摩托车再次出门。

听说父亲得了脑中风，面部神经麻痹没多久便倒下了。悦子曾经为了校对一本小说调查过这种病症，不知道最近有没有出现新的疗法？悦子插上手机电源线，上网搜寻新的医疗信息，连某大学医学院的人写的论文都找到了，却没查到新的进展。

墙边的书柜上按照编号排放着 *Lassy* 杂志，悦子无所事事地随手抽出几本，在地上翻开其中一本。这本不是她在出刊当月买的，而是在二手书店购入的旧杂志，封底还贴着"100日元"的标价贴纸。

模特儿穿的衣服、表情和图片说明，悦子都还记忆犹新，但如今她才翻开五秒便发现错字。某件裙子"颜色恬淡"打成"颜色甜淡"；"男朋友"和"男友""两个女孩的旅行"和"两名女孩的旅行"有多处忘了统一。当年她完全没留意到这些细节，若不是从事校对工作，她恐怕直到现在还是不会发现吧。说起来，到底谁会在意那些错字和忘记统一的地方呢？刊登在最后一页的读者抽奖，悦子寄过无数次回函，却一次也没抽中过。杂志后面关于其他刊物的宣传页面上，放着榊原担任总编的 *Vingt Neuf* 广告。

悦子再次大感新奇，没想到那个全身上下穿名牌的榊原，会做这种"说不出特定风格"的杂志。附带一提，Vingt Neuf 是法语"29"的意思，这里指的不是女性的年龄，而是巴黎凯旋门的竣工日期——7 月 29 日，以及巴黎的"Rue du 29 Juillet"大街。其实它锁定的读者年龄层远低于二十九岁。

过了一会儿，母亲回来了。

"店里还好吗？"

悦子下楼，来到玄关迎接她。

"没事没事，负责送货的男孩今天来店里帮忙了。"

"送什么货？"

"最近我们开始送货啦。之前有很多独居老人死在家里，所以我们从前阵子开始提供送货到家服务，运送食材和生活物资给那些老人。"

结束长达十年的家庭护理，父母竟然又做起类似的工作。悦子突然一阵鼻酸，但是一走进客厅，母亲又开始唠叨起来：

"你知道妈妈马上会回来，等的时候连茶都不会泡吗？回来后有没有洗手？有没有漱口啊？看你瘦成这样子，平时好好吃饭了吗？"

"没有……最近吃不下去，不过我是标准体重。"

"体重归体重，健康归健康，反正你在东京一定都没有好好吃饭吧？我去准备，你快去洗手漱口。"

"我没有心情吃饭。"

"饭不是看心情吃的，你高中时不是曾因经因减肥而昏倒吗？妈妈那时候工作到一半被学校叫去，你真会给妈妈添麻烦呐。"

做父母的是不是都认为孩子不吃饭会饿死呢？悦子纯粹是现在没那个心情吃饭。她边叹气边走向洗手台，这时背后传来母亲的怒骂："叹什么气，叹气会让幸福跑掉的！"

当天深夜，医院来电。当时悦子和母亲因为失眠，一起在客厅看电视，虽然完全看不进去电视内容，但不这么做就无法维持冷静。好消息？坏消息？母亲忐忑不安地接起话筒，对上耳朵。三秒钟后，她尖声说"谢谢您！"膝盖跪到地上。

这是悦子第一次看到母亲哭。根据她在家里住到高中毕业的记忆，自己的父母并不是感情特别恩爱的夫妻。母亲对父亲和对悦子的态度一样，嘴巴总是唠唠叨叨、抱怨连连。以前父亲受不了时会大声和她吵架，上了年纪后则选择装聋作哑。从他们身上，悦子感受不到一丁点男女之间的互相喜欢或者是爱。

"太好了。"

看见母亲放下话筒，悦子如此说道。却被母亲哭着斥责：
"说得跟你毫无关系似的，那可是你的爸爸呢！"

"妈，我每次看到你，不是在生气就是在发牢骚。"

"你把妈妈说得像是妖魔鬼怪。"

"原来你还是很喜欢爸爸嘛。"

母亲听了，七窍生烟地反驳道：

"不是啦！要是他现在死了，才是给我找麻烦！宅急送的
生意才刚变好，他若是死了，我要找谁来做事！"

就当作是这样吧——悦子暗想，点头说："原来如此。"怎
知就连这样回话都惹母亲不高兴，火暴地说："不要随便看不
起人，会遭天打雷劈的！"悦子曾经读过某篇报道，内容说
若父母经常对子女大呼小叫、过度干涉，孩子会失去自主思
考的能力，因此变得郁郁寡欢。真亏我能平安长大——悦子
挽着母亲，带她回房休息。就在这时，悦子蓦地想起森尾和
绵贯都说她是"怪人"。

"哎，妈，我是不是比一般人奇怪？"

"问这干吗？"

"同事说我是怪人，对其他人的事情没兴趣。"

"你管那些人怎么说，不用记在心里。"

"可是……"

悦子还想争论，母亲却在床上坐下，握起她的手晓以

大义：

"你这个女孩，从小就不喜欢和别人用一样的东西。那种每个人都有的玩具，妈妈从来没听你吵着要买，有时爸爸妈妈就先买了。记得你读小学的时候，不是很流行一种电动玩具吗？你每个朋友都有那种电动玩具，你却连看都懒得看。"

"……"

有这种事？我不记得了。难道，我连流行过什么电动玩具都不知道——悦子暗暗心想，这时妈妈接着说：

"你啊，根本不知道'竞争'两个字怎么写。你从来不跟别人比较，从小就不会说'我考试不想输给××'或'我要比××漂亮'。而且，你也从不会说别人的坏话。你的个性就是这样，很值得骄傲啊。"

悦子难得想认同母亲的话，但就在她快要敞开心扉时，又强烈地觉得哪里不对劲而及时地踩了刹车。

转天早上，他们去看了恢复意识，转至一般病房的父亲。父亲虽然话还说不清楚，不过他们总算能稍微对话了。听说只要做好复健，就不会留下后遗症。

——工作做得怎么样了？

悦子勉强听出问题，回道"认真在做啦"。

——别给人家添麻烦啊。

——我知道。

等我拿到冬季奖金，我们一起去关岛玩吧。

所以在那之前，爸爸要乖乖做复健，恢复健康哦。

这段话悦子在脑中反复演练过无数遍，直到最后仍说不出口。某天，她可能会因此而后悔。不，悦子在家住了一晚，转天早上搭着妈妈的车前往车站时，心中便已后悔万千。

——帮我告诉爸爸，改天我们一起去关岛玩。

下车的时候，悦子鼓起勇气说出来，却被母亲泼冷水。

——不要，等爸爸好了，你自己跟他说。

也是。悦子回到东京时，感觉这次返乡的路途格外漫长。正当她回到家，静静地打开冰箱想找点吃的放松身心时，某人连门也没敲便推门而入。

"小悦，欢迎回家！你爸爸没事吧？"

"加奈子，你来得正好，把你所有的 *Vingt Neuf* 杂志都借我！"

"咦？啊，嗯。现在吗？"

"嗯，现在。我今天请假了。"

"那你一起过来拿，我一个人搬不动。你也可以在我家看啊。对了，你爸爸没事吧？"

悦子告诉她"不能说是没事，但至少捡回一条命"，加奈子真心地为她高兴。

悦子来到徒步十分钟即至的加奈子的家。那是一个由家庭主妇的妈妈与上班族的爸爸组成的小家庭，妈妈笑脸迎人地招待女儿带来的朋友，目送两人走上二楼。

"你妈妈好和蔼可亲啊。"

"因为你是外人，她平时啰唆得很。"

看来每个家都大同小异。悦子想起数小时前还和自己待在一起的母亲的脸，不禁露出微笑。来到加奈子杂乱的房间后，她将每一期的 *Vingt Neuf* 排在一起查看，其中有几本她应该看过，只是已经没什么印象了。

"你这次又要调查什么呢？"

"这次？难道有上次吗？"

"你上次不是去某位作家的家里，调查他太太的行踪吗？还蛮好玩的啊。"

"哦，对啊，当时可累惨了，不过真的很好玩。"

悦子停下翻页的手，回忆当时的经过，同时想起贝冢的脸，再次愤愤地将视线投向杂志。

"我上次不是说过吗？这本杂志的前总编啊，和我现在待的杂志组总编互相看不顺眼。"

"你说过。"

"我想看看能不能从这里面找出她们交恶的导火线。"

她在老家翻阅每一期 *Lassy* 时，刚好瞥见 *Vingt Neuf* 的广告页，发现每一期的许多企划内容都很相似。

"找出原因之后呢？"

"我想改善职场的气氛，否则我迟早会神经衰弱。"

"小悦，原来你也会累积压力！我好意外！"

悦子自己也很意外。之前就算遇到压力，她也会马上回嘴反击，扳回一城，大多都是针对贝冢和藤岩。主要是因为觉得那里不是自己的久待之处，自然就没顾虑那么多。但悦子现在身处一个离自己梦想很近的地方，所以不敢轻举妄动，得罪任何一个人。

比起时尚杂志，它其实更像文化志，所介绍的代表人物以法国艺术家为主，还有一些电影评论、英国女演员伯金与法国作曲家赛日的浪漫恋情（尽管悦子并不认为写出《垂涎》这首曲子的人，会谈什么浪漫的恋爱）。时至今日，这些古老的话题依然为人所津津乐道。

和其他自家出版的时尚杂志相比，*Vingt Neuf* 的页数虽然少，时尚页面却充满了艺术价值。悦子确认后心想"果然如此"，整本杂志里都不见男性的影子，这在当时应该被视为一种新潮流而备受瞩目吧。悦子注视着两位女模特儿并肩站着的页面，旁边示意"好姐妹"的单字用的不是"amie"，而是"copine"，并在前方加上了"ma"。照理说，这时候应该使用"une"更为贴切。

单纯是弄错了吗？还是有什么特殊含义？或者这本杂志

就是这样？悦子翻过一本又一本，只能赶时间地快速翻阅。确认完每一期杂志后，她也仿佛窥见了法国的百年历史。榊原的组织能力果真名不虚传。

过完周末后，悦子一踏入公司便向绵贯道歉，接着走到楠城的桌前。她的穿衣风格与榊原相反，都是一些认不出品牌但样式简洁，一眼就能看出高级质感的单品，留着利落的短发。她一看见悦子，立即温柔地关切道："你父亲身体没事吧？"

"没事了，很抱歉给您添麻烦。"悦子深深低下头，下定决心地说："总编，您今天中午有空吗？我有事情想和您聊聊，想邀您共进午餐。"

"嗯？"

楠城霎时浮现错愕又带着一丝困扰的表情，不过她马上切换成笑脸回道：

"好啊，没问题，你想吃什么呢？"

"我常在您的博客上看到一家店，一直想找机会去尝尝看。"

悦子也觉得在这时期提这个不太好。编辑部明天要出发去伦敦摄影，楠城虽然没有同行，但想必现在整个编辑部都忙得人仰马翻。

悦子利用星期六日独自演练对策。*Lassy* 和 *Lassy noces* 都设有总编博客；*Lassy* 专门报道华丽的时装秀和展览，*Lassy noces* 则以受访过的新娘与楠城的幸福私生活为主。内容虽然南辕北辙，不过两人私底下会去的餐厅有几家重合。因为是女性杂志常介绍的名店，重合似乎也没什么好奇怪的；令人在意的是，那些都不是"最近爆红的店"，而是历史悠久的老店，因此悦子大胆猜测，当两人还是闺蜜的时候，或许会一起去那些店吃饭。她开始好奇当中有没有什么规律可循，试着写下两人分别造访店家的日期。

结果真给她猜中。森尾说的没错，每次只要楠城去完那些餐厅、上传到博客后没几天，榊原一定也会去同一家店。她原先以为摄影棚和模特儿相撞这些事，都是榊原蓄意找碴，然而这些行为已经接近跟踪狂了。加上悦子与母亲相处了两天，深深感受到有些人就是会用"故意说惹对方生气的话"来表达爱意。

"哪家店？"

悦子报出离公司最近的其中一家店名。

只要留意就会发现，榊原担任总编时代的 *Vingt Neuf*，大量使用了"好姐妹"等相关词。une copine 虽然是"好姐妹"的意思，但 ma copine 怎么解释都比较接近"女朋友"。难不成榊原是女同性恋？悦子不这么认为。

榊原大概只是想要一个仅属于自己的好朋友吧。悦子不是她肚里的蛔虫，不过假如之前绵贯所说的她们在泡沫经济时期的交情是真的，榊原应该从大学起就很喜欢与女性一争高下，这样的个性，恐怕很难交到什么好姐妹吧。

直到她进入景凡社，认识了楠城，才结交了人生第一个女性好友。不，也许她从大学起就知道楠城这号人物；得知她被景凡社录取，同时自己航空梦碎，才另谋发展跟着她进来的。之所以报名巴黎外派甄选，可能也是知道楠城曾经报名才如法炮制，想跟着她一起去。但她却忽略了一次只有一个名额这件事。

由于悦子还摸不透楠城的脾性，只能字斟句酌地慢慢道出自己所观察到的事。楠城听到中途便嘴巴大张，静静地听着她荒诞不经的想象。

"不会吧。"

悦子说到一个段落后，楠城伴随着干笑说。她的甜点意式冰激凌已经融化了。

"我也只是假设而已，这样解释起来很合理。再说，就算杂志出了问题，总编也没必要每次都来闹吧，她大可以请更上层的领导做协调啊。"

"我的确是采取这种做法。"

"所以我想，她只是想要您理她而已，但完全用错方法了。还有，您曾经和榊原去夏威夷玩过吧？"

"在她去巴黎进修以前，我们每年暑期都去呀。"

"您应该也发现了吧？自从榊原升上总编，*Lassy* 的夏威夷特辑多得吓人，每两年就出一次附录别册，主题都是'与好姐妹逛夏威夷'。我想她应该很怀念与您去夏威夷玩的时光。"

"……"

悦子想起母亲的絮叨。她总是观察着女儿的一举一动，唠叨个不停。但是，她却很擅长招呼客人，对待员工也很亲切，反而是面对家人时，显得有点沟通障碍。不过，母亲绝不是厌恶他们。得知父亲留住一命时，她甚至放松到失声痛哭，谁会为了不爱的人哭泣呢？

"那么，你突然告诉我这些臆测，是希望我怎么做？"

面对楠城的提问，悦子没有准备正确答案。她希望两人能和好。但中间经过了二十多年的岁月，如今想修补这份情谊，或许为时已晚。悦子直到最近才深深体会到女人间的友谊与人际关系之复杂。字斟句酌地说完后，楠城露出慈祥的表情，笑着说道：

"我会先把你的假设放在心上，看如何应对。"

"真的吗？"

"我也是迫于无奈啊。即使我已经习惯她那样了，经常被找碴，还是会生气嘛。"

得赶回公司了——楠城起身拿起桌上的账单，戴在左手无名指上的基本款婚戒分外耀眼，这是拥有一切的榊原唯一想要却得不到的东西。

——你认为她们两个谁输谁赢？绵贯的问题重回脑海。悦子不懂女人间的竞争究竟要用什么标准来衡量，以同年进入公司的人来说，悦子很欣赏森尾这个女孩，藤岩也是越认识越喜欢；把范围放大到同事来看的话，她也很喜欢米冈这个人，虽然不知该把他归类到男性朋友还是女性朋友。若要谈到人生成功与否，她根本压根没思考过。母亲要她对此引以为傲，她却怀疑这可能是致命的缺点。

回到编辑部后，其他人都忙着准备明天的伦敦行，悦子独自默默写着报道。

这半年来，悦子都在 *Lassy noces* 编辑部工作，这段时间还参与了他们与本刊合作的巴黎特辑。这次悦子也同行，虽然只是总编的随行打杂，但总算圆了她长年以来的海外出差梦。毕竟就连美国谍报电影中的女人，听到"巴黎"都会双眼一亮。

悦子在亚历山大三世桥眯眼眺望盛装打扮的榊原与楠城，看见她们宛如女学生般笑着跟拍摄影，模样闪闪发光。悦子忍不住心想：二十五年后，我也能变成那么耀眼的女人吗？

"河野妹！欢迎回来！半年不见，人家好寂寞哟！"

"我回来了……"

12月1日，天气晴，室外温度十度。悦子抱着纸箱，拖着仿佛牛被蛄蝓妖怪附身的脚步前往校对部，米冈马上用怀念的姿态给她一个大大的拥抱。悦子肚子的要害因此被纸箱的边角戳到，当场痛到弯腰。

"怎么啦？河野妹，你果然舍不得离开校对部吗？你是因为太想我才回来的，对不对？"

"我要同时告你性骚扰和滥用职权哦，部长。"

悦子在米冈隔壁的座位"砰"地放下纸箱，深深地叹气，谁知道背后旋即传来熟悉的声音说"这是我的位子"。悦子回头一看，吓得倒抽一口气大叫：

"绵贯？你怎么在这里？"

"我主动申请转调，公司通过了啊。"

绵贯爽快地说，在悦子面前放下纸箱，接着抬起头，手指一指。

"你的座位在那边。我说对了吗？茸原部长。"

"嗯，河野坐那边。"

绵贯和"杏鲍菇"指着前方杂志校对组中，专门处理女性杂志的小组座位，那里的确多了一个新座位。

“河野不在的这半年，我们一共有三个人退休，不得不补人，所以我们便请写了火热情书的绵贯过来喽。”

“是啊，我写了。”

生来就是做女性杂志的料的绵贯竟然哪儿都不去，偏偏要来存在感如此薄弱的校对部？悦子整个人混乱不已，不知从何问起才好，这时米冈轻轻对她咬耳朵：

“听说她一直不知道该怎么带你，常常来找部长商量呢。”

“什么？”

于是两人就此坠入爱河吗？等等，绵贯未婚？印象中没听她提过老公，手上也没戴戒指。不会吧？那个“杏鲍菇”老头意外交到桃花运，竟然能追到绵贯！

“情书是部长的笑话。”

绵贯似乎看穿悦子的心思，轻轻拍了拍她的肩膀。

如果你未来还想去其他杂志工作，那就先回校对部吧——悦子也感到很惊讶，楠城道出这句话时，自己竟然没有大受打击。在那之后，楠城与榊原握手言和。虽然额度不多，不过本刊拨出了部分预算给副刊，他们终于能请人撰稿。本来预计休一年育婴假的资深写手也很有魄力，半年后便回归职场，因此他们不再需要请悦子支援了。这半年来，悦子提出的企划全数遭到枪毙，撰文的速度也毫无长进。过去，她从未想过自己在时尚杂志编辑部会如此无能，所以当她听到对方要她回去时，堆积在心中的沙袋仿佛底部破了个洞。

——未来你还想去本刊工作吗？

——是的。

——我会把你的想法转告仁衣奈，何时会缺人，谁也说不准，未来也难保仁衣奈会不会继续当总编，反正你就利用这段时间多多充实自己吧。为了编写出读者更喜欢读的报道，我相信你在校对部还有很多可以磨炼学习的地方。

——是。

——你虽然没能成为我们的主力，但我欣赏你这个人。

其实悦子很想问：我对人没有好恶之分，这是缺点还是优点？但觉得问了也只是给人造成困扰，所以只回了一句"谢谢您的提携"。

结果，悦子落得在自己座位上校对自己写的报道的窘境。尽管没有出现语法上的错误或是错字，文笔却是惨不忍睹。

偶然抬起头，她在稍远的地方，看到绵贯向比自己小很多岁的米冈请教工作流程。当她得知长年在女性杂志工作的绵贯，学生时期曾经因为兴趣加入俳句社团时，简直吓得鼻子都要喷出面条。

正当她想趁四十出头的年纪钻研限制在十七个音、以精简至极的语汇道尽世界的俳句，为老年生活的消遣做准备时，悦子调了过来。由于悦子实在太难带，她开始勤跑校对部找"杏鲍菇"商量，并且发现待在这里似乎能更进一步地航向无垠的"语汇"之海。

——文学家常常因为过度追求日文的准确性，而变得写不出小说来，俳句没问题吗？我们校对部——尤其是文艺书的校对组，特别着重日文的准确性哦。

吃午餐时，米冈听她说了申请转调的理由后，担心地问道。

——如果发现自己变得写不出来，我就回去做女性杂志。反正我随时都能回去呀。

——河野妹……你那是什么表情。绵贯在女性杂志组做了超过二十年，当然随时都能回去啊。

米冈说的没错。悦子虽然离开校对部半年，回来却没什么衔接上的问题。在 *Lassy noces* 待的这半年，让她学会如何快速确认重点。例如品牌名称绝不能出错、刊登的礼服价格是租赁费用还是市售价格、实际举行婚礼的读者模特儿情侣的年龄、职业和婚宴场地等，其他还有很多地方对照原文后才发现的误录。不论怎么看，他们的部门都有人手不足的问题，希望人员补足后，接下来可以轻松一点。

晚上六点，"杏鲍菇"桌上的闹钟响了。悦子将校样收进抽屉，站了起来。其他同事也一一起身，互道"辛苦了"，走出办公室。离开公司大楼，外面已经完全天黑。悦子拿出手机，迎着寒风打电话给是永。

"喂？小幸。"

"小悦，你今天好早啊。"

沉稳的嗓音温暖了悦子的身体。

"嗯，我今天回去校对部了。"

"是吗，我们约哪里吃饭？我刚结束摄影，人在青山，要来吗？"

"不，今天我想自己开火，弄点猪肉炒青菜，你来我家吃吧。"

"小悦，你会做关东煮和荷包蛋之外的东西啊？"

经他这么一说，悦子的确没煮过关东煮和荷包蛋以外的料理。

"应该没问题。"

"期待和你吃饭啊。"是永说完结束通话。悦子只能一边祈祷今天加奈子不会突然跑来，一边点开妈妈之前传来、标题为"冬日暖身料理"的信息。

"牛旁牛棒牛蒡切斯切丝""水棍水滚了要把泡末泡沫捞调捞掉"。

不论看几次，悦子只要看到这两行就会扑哧一笑。我还是偶尔趁过年时回家，教妈妈如何删除文字和选字吧。悦子关掉屏幕，把手机收回口袋，朝地铁入口的台阶走去。

Part 5

第五话
When the World is Gone ——
不是滋味

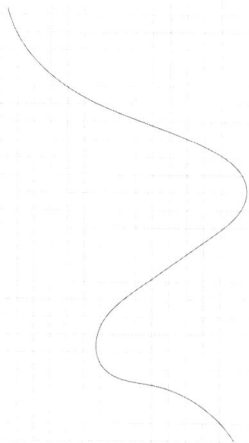

悦子的研习笔记　　之十七

【**普通字级**】一般大小的字。从前汉字标音时，旁边的假名不使用缩小的假名（较小的假名），而会采用普通字级。即使它是促音，标音时依然会使用普通字级来标记。不过最近不时能看到使用缩小的假名来标音的例子。这没有标准答案，只要那本书按照固定格式统一就好。较小的假名除了"缩小的假名"这个称呼之外，还有"小写"这个说法。"缩小"也有简化的意思。日文真难啊。

悦子在大楼里灯光明显廉价的厕所内照镜子，确认自己的脸。看到大量堆积在嘴巴周围的粉块——准确地说，是脸颊与嘴唇间，形成了左右对称的两大块垂直拱形粉块——她差点发出尖叫。之前从没发生过这种事。悦子挤出笑脸，刚好是法令纹的部分。都是连续数小时赔笑脸引起的。由此可见，自己平时真的很少笑呢。

悦子贴近镜子，用食指指腹抹了抹嘴边，从镜子里看见门打开。

"悦子。"

听到老同学的呼唤，悦子马上笑着回答：

"真奈美。"

悦子的母校圣妻女子大学在前两年有班级联谊制度，真奈美与今日的新娘桃花是当时的联谊好伙伴。不过升上大三后，大家变得很少见面，毕业后便各奔东西。

"小桃看起来好幸福哦。"

本来还以为她会走入隔间，但她只是从化妆包里拿出吸油面纸与粉盒，对着镜子补妆。柔软的 A 字裙是高雅的单一烟熏粉红色，大概是 TOCCA^① 的吧。

"就是说呀，好棒的婚礼。"

悦子想起自己在几个月前编辑过的杂志。当时虽然也遇到过只想赚钱的婚宴设计师，不过参与结婚典礼的每一个人，都诚心祝福新郎新娘能获得幸福。

"不过她的老公有点恶心呢，我一点也不想和他走在一起。"

"是吗？"

你在典礼上不是称赞"新郎好帅！"吗？难道来参加答谢宴的新郎是别人不成！

"外商证券公司的薪水真的很高，没想到那么单纯老实的小桃也懂得挑有钱人结婚，我有点意外呢。哎，悦子，你的裙子好可爱，是哪个牌子？"

话题转移到熟悉的服装上，悦子顿时感到轻松，轻轻捏起白底写实柠檬图案的裙摆。

"谢谢，一个叫 Dolce&Gabbana^② 的牌子。我豁出去从清

---

① TOCCA：来自纽约，创立于 1994 年。——编者注
② Dolce&Gabbana：杜嘉班纳，创立于 1985 年，总部位于意大利米兰。奢侈品领域中最主要的国际品牌之一。——编者注

水舞台跳下来 [1]，结果摔得全身骨折。"

"哇！出版社待遇这么好呀。可惜柠檬是不是有点季节不符？还有啊，参加婚礼应该穿没有花纹的衣服才对。"

真奈美看着镜中的悦子，甜甜一笑，将粉盒和唇蜜收进包包，走出厕所。悦子心想：是吗？我都不知道！是文化差异吗？晚点来查查吧。

悦子道出周末的糗事后，森尾和今井意外地说："原来你有朋友啊。"

"有啊，不过来的人都感觉好差劲啊。"

参加的男生都用"这是我在景凡社做 *Lassy* 杂志的朋友"来介绍悦子，但她可没做过 *Lassy*。他们也用"她的父亲是三岛银行的管理层"来介绍真奈美，事实上三岛银行早已被外资企业并购，她的父亲也不是在职职员。其他被点名的朋友也都被冠上大企业或响亮的职业名称。

"我懂我懂。"

森尾笑着表示共鸣。

"就算解释'我是校对员，不是编辑'他们也听不懂，从头开始解释又很麻烦，所以通常都懒得解释。"

---

① 日本谚语，比喻破釜沉舟的决心。——编者注

"只要自己喜欢的人理解就行了呀，小幸应该懂吧。"

"嗯，也是。"

两人面前的茶几上摆着堆积如山的 *Lassy noces*。悦子和森尾接到今井的邀请，来到她家做客。今井想请两人担任自己婚宴的招待，她们一听到这个消息，不约而同地由衷道恭喜。今天要是其中一个人还是单身，另外两人为了顾虑那个人，气氛一定会很尴尬吧。

"你放弃去印度找百人宝莱坞舞团办婚礼了吗？"

悦子突然想起这件事，向捧来白酒的今井问道。窗外直到刚刚都飘着细雪。

"你们两个又不可能来印度参加婚礼。"

"这倒是，如果是印度尼西亚的巴厘岛，我很乐意去哦。"

"啊，这提案不错呀，我请巴厘岛传统舞的舞者来跳舞吧。"

"不，办在国内吧，意大利也办一场。"

"意大利也有，但主要是招待他的家族朋友，不会邀请日本的朋友来参加，场地好像叫什么什么大教堂吧。"

森尾闻言转向悦子，对她谆谆教诲：

"大部分的女孩子会在这时候感到羡慕嫉妒恨哦。"

"是吗……为什么呢……？"

"你们在聊什么？"

"我在教悦子一般女孩子该有的情绪，她说没办法把自己与他人比较。"

今井故作思考一秒，歪头说：

"那没什么错呀，日本人从小接受那样的教育长大嘛。"

"你认为像她这样崇尚爱与和平，神经整个断掉的人，在 *Lassy* 编辑部做得来吗？"

我不是崇尚爱与和平，只是没兴趣罢了——悦子边想边快速翻阅 *Lassy noces* 杂志。里面有好多适合今井穿的婚纱呢，不管她穿哪套一定都很明艳动人——这是悦子的感想，但森尾却告诉她，女孩子们无时无刻不在心中互相比较。听到这番话时，悦子想了一下，觉得自己从来没把森尾视为竞争对手，忍不住问：

——森尾，你时常在心里把我和今井做比较吗？

——你和今井都是我行我素的人，当然没什么好比的。不过我认为，"想要变得比某个女生还可爱"的精神，正是时尚杂志的起源。C. C 主打的虽然是一种每个人都做相同打扮的跟风潮流，不过呀，每个女孩子都拼了命地在"求同存异"，将自己打扮得比别人更可爱。

悦子曾被人家说，"你喜欢的是自得其乐"的穿搭法。这句话看似正确，却又不完全对。当她走在街上，看到其他女人穿着自己来不及买就被抢购一空的衣服时，也会产生一种

"我要杀了她把衣服抢过来！"的念头。但这纯粹是想想，实际上她什么也不会做，顶多含泪咬牙目送对方离去。

"你婚后会辞职吗？"

悦子询问今井。周末结婚的老同学桃花说她在结婚的半年前便辞去工作，专心学习"新娘课程"。悦子好奇现代的"新娘课程"的具体内容，不过没问出口。听说她的先生工作繁忙，需要太太帮忙分担家务。

"我也想过这个问题，但我意外地喜欢自己的工作、喜欢那家公司，所以放弃辞职这条路了。"

"我们公司的福利很好嘛。"

通常来说，前台小姐都由年轻女孩担任，景凡社目前却有一位从正式员工转为合同工的五十五岁前台——下平小姐。她记住了所有员工的长相、名字和所属部门（及其所属的公司派系），还背下了所有固定访客的名字。即使已经有了两个孙子，她的异性缘还是意外地好，常常被访客搭讪。今井常说她是"人生胜利组"，但或许那种人生来就是做前台的料。

悦子始终认为自己生来就是要当时尚杂志 Lassy 的编辑，所以来到景凡社上班。这份决心至今仍未动摇，应该完全没有动摇才对——

女性时尚杂志和周刊杂志虽然是主力商品，但景凡社也按照不同年龄层的需求创办男性时尚杂志。在男性时尚杂志的分类当中，最畅销的杂志来自文英社，景凡社则以巨大的落差位居第二。

……又登上版面了。

悦子和往常一样，午休时坐在大厅角落的沙发上，翻开当日发售，针对二十几岁族群推出的男性时尚杂志 *Aaron*，并在页面上发现男友的身影，心情感到很复杂。

就在她调到 *Lassy noces*、每天忙到像贫血的吸血鬼时，不知为何，是永的曝光度大幅增加。开始走红的不是小说家是永是之，而是模特儿YUKITO。大概是顾虑到女友在忙，他没有告诉悦子详细的工作内容。而悦子也真的忙坏了，没有时间看男性杂志。

多亏经纪公司帮他慎选工作，也可能是目前接的案子类型还很窄的关系，YUKITO所上的杂志版面都很有水平，身上穿戴的都是一些引领前卫潮流的商品。他对爆炸头的坚持，让他就算登上"绝对受欢迎的联谊穿搭"特辑，也一定会收到"没有参考价值"的抱怨反馈。只要他继续贯彻那个发型，大概只能登上一些前卫潮流的版面吧。即使如此，在毫无心理准备的状态下看到自己俊美的男友登上杂志页面，还是会有一种身边的他突然变得好遥远的错觉。

悦子叹气后抬起头，五十五岁的前台下平已经结束午休回来，与今井交接。只见下平迅速补妆，以无懈可击的妆容坐镇前台，悦子觉得她就像景凡社的镇社之宝。她回来表示午休即将结束，悦子起身，把杂志放回架上，走去搭电梯。

今天的工作是 *Every* 的杂志校对。*Every* 锁定的读者年龄层表面上是四十多岁，实际购买的年龄层早已脱离四十岁，而以五六十岁的女性居多。当然，页面上主推的商品价位也不是一般的高。

这类杂志和文艺杂志不同，不需要强调撰稿人的作家身份，不会引用文艺作品或是电影对白，整本杂志只需统一平假名与汉字的写法。长期配合的写手会自动按照规则交稿，但是新合作的对象或同时兼其他杂志的写手则不然。本来编辑应该要在整理稿件时修正过来，现阶段看到的校样却有诸多疏漏。例如专访企划当中，对谈者在句尾大量使用的"XD"。有些杂志——尤其是周刊杂志，会写成"（笑）"，因此每当悦子看到，都会产生"这个人也在周刊撰稿""他的档期很满"等想法。

接着是交叉对谈与三方对谈常出现的问题，规定中对谈者的名字要使用黑体，对白的部分则使用明体，然而应该使用黑体的名字常常变成了明体。悦子将那些部分用红笔圈起来，写上"黑"。校对的时候，她一直专注地想着"黑黑黑"，不由得想起自从自己回到校对部后，因为薪水减少，没办法吃得太奢侈这件事。真希望有人能请我吃黑鲔鱼啊——她想。

校对到一半左右，出现一个叫"如果获得一百万日元，你会怎么花？"的企划。企划当中访问了二十个人，介绍他们如何运用这笔钱，以及一百万日元可以做什么。由于没有附上数据，悦子自己上网查清文中提到的所有商品、旅游行程和美体保养的具体价位；网络上查不到，就打电话到对方的公司洽询，利用传真收取数据。当中真的有几个行程因为燃料附加费上涨而超出一百万日元，还有因为饭店整修、日元贬值导致物价上涨，以及加上消费税便超出一百万日元的珠宝等例子。

她在空白处写下"加上（燃料费）？""听说新馆还有空房""加上（未含税）？"等铅笔注记。把每一处都仔细地确认一遍，用红笔与铅笔留下注记后，她开始思索如果自己有一百万日元会怎么花。相信读者也会和她一样，将自己带入情境，在脑中尽情幻想。

女性时尚杂志的校对工作，做起来真的很愉快。校对文艺书的时候不能太过"投入内容"，否则会出现盲点。而时尚杂志的校对工作，悦子完全乐在其中。她从文艺书籍的校对工作里学到"只看文字本身"的技术，因此很快地便掌握了一面开心地阅读报道，一面在脑中执行"确认文字"动作的诀窍。不仅如此，她还能赶在杂志发售前先一步知道尚未公开的年度流行单品、颜色和花样等信息，还能趁着杂志介绍的餐厅还没客满时抢先去。这成了做这份工作的小小福利，让她每天都很期待去公司上班。

待在 *Lassy noces* 的半年虽然也很愉快，不过还是辛苦的时候占了大多数，她输给了一心想着"我要胜任这份工作""我想得到认可"的自己。若是按照原计划在那里待一年，或许会有什么转变，但现在能坐在校对部的椅子上、静静校对发售前的时尚杂志的时光，对悦子来说，已是至高无上的幸福。因为她实在太过安静，"杏鲍菇"不时走来问："还好吧？你肚子痛吗？"、"有没有呼吸啊？"臭老头，你吵到我啦！悦子当下都很烦躁，不过通常她也因为太久没去上厕所而膀胱肿胀，于是小跑着前往如厕。

"哟，好久不见，宽松世代。"

悦子边用手帕擦手边走出厕所，在门前碰见了贝冢。

"有吗？"

悦子想直接回办公室，贝冢却挡在面前。

"你现在负责部门内的其他书不是吗？做得顺利吗？都是哪一类啊？"

"女性杂志。"

"是吗，很好啊。对了，在周刊上连载的森林木一……应该说槙岛佑，那本书的初校校样昨天排好喽。"

悦子花了三秒钟才想起这个名字，马上抬起头回答：

"真的吗？我想看，我超想看！"

调去 *Lassy noces* 的时候，她忙得不可开交，没力气继续追进度。回来校对部后，虽然一时之间忘了，但那可是她至今读过唯一一觉得好看的小说。

"好啊，你今晚有空吗？我请你吃饭。"

"不用吧，我现在去拿，不然你晚点送来也行，干吗一定要和你去吃饭啊。"

"有一家店我下次想招待作家去，想先去探探环境，一个人去很尴尬，你陪我去吧。我请客啊，那是东京高价位的店哦。"

"你请客！"

悦子一口答应。贝冢先是感到傻眼，表情像在说"精神真好"，接着说"晚点见"，然后心情愉悦地离开。

是永目前人在欧洲参加试镜。他在去年九月举办的 Spring/Summer 纽约春夏时装周，第一次站上纽约 T 台。他们虽然说好任何事都能报告彼此，然而悦子当时被工作弄得焦头烂额，因此他也很少聊到自己的工作近况。悦子只记得他花了一年撰写的长篇小说全军覆没，除此之外的事情她都记不得了。回想起来，他们有点冷落了彼此。

就算这样，为什么我非得和贝冢来这种适合约会的餐厅吃饭不可啊！

整间餐厅的装潢十分摩登高雅。店内空间不大不小恰恰好，座席之间距离够远，灯光柔和昏暗，顾客年龄层偏高，现场没有会大声喧哗的客人，全部都是一男一女。

"难吃吗？"

看到悦子吃着鱼类料理真鲷的手停下来，贝冢略显忐忑地问。

"啊，不，很好吃，每一道都很棒。"

"那你怎么了？肚子痛吗？"

"为什么我只要稍微安静一点，每个人都会这样问我？"

悦子把剩下的真鲷全部塞入口中，稍微咬了咬，配着白酒下咽。

"你们都在这么高级的餐厅招待作家吗？之前和本乡老师聚餐的那家店也不是普通的高级。"

吞下口中的所有食物后，悦子用纸巾擦擦嘴问道。

"没有啊，不卖的作家就去一般的家庭餐厅。最近公款报销的门槛提高，有时会叫编辑自掏腰包呢。"

"什么，你也是吗？"

"常常啊，买再多腰包都不够用。"

悦子很想吐槽这句笑话，却又觉得没必要跟他多费唇舌，继续正色提问：

"问你个问题，你为什么想当编辑呢？除了编辑，你以前还想当什么呢？"

"呃，怎么突然问这个？"

"你自己找人吃饭，又不提供话题，我们当然只能先聊自己了啊。我进景凡社是为了当 *Lassy* 的编辑，结束。你呢？当初为什么想进来？"

贝冢的表情有点受伤，思考片刻后说："因为爷爷的影响。"

"爷爷？是某家居酒屋的老板吗？"

"我说我真正的祖父啦，他以前在磷朝当编辑。"

"是吗，好意外！那你为什么不去磷朝？"

"被刷下来了啊！那里靠关系没用！问这么多干吗！"

悦子对忍不住大叫的贝冢比出"嘘"的动作。他转头看看四周，向蹙眉注视他们的其他客人低头道歉。

"你爷爷也是文艺编辑吗？"

"不，他在周刊，所以他几乎不在家。当时《磷朝周刊》刚创刊不久，一切非得上轨道不可。美日安保条约和学生运动闹得沸沸扬扬，老爸说他有时整整一星期都不一定能见上自己的爸爸一眼。"

"你爸爸的职业呢？一样是编辑吗？"

"他是很普通的上班族。老爸很痛恨爷爷，当他听到我被出版社录取时，简直气炸了，还想以死威胁我不要去！没办法，毕竟他对出版社的印象就是周刊杂志。"

"你爷爷是什么时候过世的？"

"他还没死啦。不过啊，奶奶说他曾经四次吐血送医住院，还因为写了什么报道得罪政治团体，遭人暗中报复，伤了一只眼睛。听说爷爷有个同事写了类似的报道后失踪，尸体一周后在东京湾被人发现。"

"……"

肉类料理在悦子问完的同时上菜，悦子趁着贝冢细细品尝时，在较大的酒杯里倒入红酒。名叫"Faisan Coquillage Sauce"的料理原来是雉鸡肉淋上贝类酱汁，悦子完全无法想象这样的料理组合会是什么味道，怯怯地切了一小口送入口中。

"好吃。"

吞下肉再配上一口红酒，简直就是天作之合。

"真的？你觉得适合用来招待作家吗？"

"不确定，狩猎季快结束了，我想还是要先吃过他们家一般的牛肉才知道。"

同样住在日本，置身出版业，贝冢爷爷的故事在悦子听来，却像是另一个世界。悦子不知道该怎么提问，只好默默地切肉盛盘，这时贝冢主动开口：

"我和爷爷一起住后，家里什么也没有，就书最多，类型涵盖了小说和非小说。我向爷爷借了很多书，读着读着也开始向往那个世界。进公司的第一年，我也待过周刊组，真的累死人了，继续做肯定会早死。"

贝冢把肉送入口中，喃喃道"真的很好吃"，转眼便将盘子扫空，大口喝着红酒。

甜点由小餐车送来，有七种蛋糕、六种冰激凌和雪球，以及马卡龙和巧克力。一看到令人目眩神迷的餐车甜点，悦子感到肚子里的食物急速消化。

"我每一种都要，帮我切小块一点。"

悦子等不及男服务员解说完毕便说。

"你还要吃？"

"甜点不一样嘛！"

"甜点是另一个胃"的说法可是有科学根据的。*Lassy* 2013年 2 月号上写道，那是因为食欲素的分泌，在胃里制造出另一个空间。然而贝冢断然拒绝，点了另外计价的干酪。臭贝冢，装什么成熟啊，暴殄天物。

悦子望着盛装的分量明显多于其他桌的甜点餐盘，心想这一餐虽然吃得颇尴尬，不过餐点真的很美味，看样子没有白来一趟。

"好吃吗？"

贝冢看悦子吃水果塔吃到两颊鼓鼓的，忍不住问。

"豪出（好吃）！"

尽管从小家人教她嘴里有食物时不能说话，她还是满嘴塞满水果塔，笑容满面地答道。

"是吗，等牛肉的季节到时，我再带你来吧。"

"不用啦，这里太高级了，没道理让你一再请客。开发新餐厅的任务已经完成了吧？还有，牛肉一年四季都有，没有盛产季节。"

悦子吞下口中所有的食物后说。

——你认为文艺编辑是你的天职吗？

用餐结束后，悦子利用贝冢叫出租车送她去车站的短暂时间问道。

——我也希望有一天能做出一本令自己满意的书，让我确定这个想法啊。但至今我只做过几本接近满意的书，所以现阶段也还不是很确定。

贝冢立刻回答。

天职这个词对于现在的悦子来说，实在太过沉重。第二天中午，悦子要出去买午餐时，今井从前台里冲出来，用力抓住她的手臂。

"呀！怎么了？"

正在放空的她，差点吓得心脏跳出来。今井露出极不寻常的表情，害她失态叫出声来。即使如此，今井还是没放开她的手。

"你听说了吗？森尾小姐要辞职！"

"什么？啊？"

"人事部跟我同期进公司的朋友刚刚偷偷告诉我的。哎，她有没有告诉你呀？我什么都没听说！而且她今天也没来公司上班！"

悦子急忙拿出手机发信息给森尾，然而对方的手机不是关机，就是无法接通。因为今井很黏森尾，惊慌得直说"怎么办、怎么办"，悦子轻轻拍拍她的背，安抚她的混乱情绪，这时后方传来下平尖锐的声音说"今井小姐"。

"我去吃午餐，请你先进前台交接。"

"啊，是，抱歉。"

今井离开悦子的怀抱，快速说"如果她打电话给你，赶快告诉我哦"，小跑步回到前台。但她才刚进去，藤岩便从电梯间走出来，于是她又探出上半身。

"'贞操裤'、'贞操裤'！'贞操裤'，来一下嘛！你听说了吗？"

"今井，安静闭嘴！"

"下平，你露出马脚啦……"悦子暗忖。藤岩本人则因为突然被人连呼"贞操裤"而困惑，看看今井又看看悦子，朝悦子问："什么事？"

"嗯，总之我们一起去吃午餐吧。"

"我一小时后要去八重州的香格里拉饭店和作家吃饭，恕我不能奉陪了。"

"大忙人有重要的会议要开，真了不起呢。"

悦子回头对着忐忑不安的今井点头，传达出"不会有事"的信号，尽管她自己也是心中七上八下。接着，她抓住藤岩的手说"至少喝杯茶也好"。

令人不甘心的是，藤岩知道森尾可能辞职的消息。

——差不多去年初秋左右吧，我偶然撞见森尾小姐和某杂志的某总编或某副总编在秘密谈话。我打招呼后，她们露出尴尬的表情，接着我就被叫出去了。那个某总编或某副总编的某某某，对我下了封口令。

——那个某某某是谁很重要。算了，然后呢？

——所以我没和任何人提起过呀。原来如此。她要跳槽过去？她们杂志做得很漂亮，是我们公司没有的类型。

藤岩若无其事地说着，悦子心中感到又生气又难过，各种难以言表的情绪交织在一起。

——你为什么可以那么冷静？公司批准她提离职了！

——换作你呢？如果你现在有机会去 *Lassy*，你也会毫不犹豫地飞奔而去吧？假设他们真的是友社的人，森尾小姐真的跳槽了，我们和她之间的关系也没有太大的改变，只是换了一家公司，换去不同的部门而已。

藤岩的一席话使悦子茅塞顿开：我到底在紧张什么？因为她没跟我说就辞职吗？还是因为她毫不留恋地离开我想去的时尚杂志编辑部呢？

——至少对我来说，如果现在有机会能去磷朝或冬夏的文艺编辑部，我大概也会去吧。那里可是文艺编辑追求的顶点。

藤岩说完"我该走了，否则会迟到"便走出咖啡厅，留下悦子一人面对只吃一口的三明治和冷掉的拿铁。但没过几秒，她的眼睛就捕捉到眼熟的身影，急急忙忙叫住他。

"伊藤！"

森尾的男友被叫住，露出天真到让人想揍下去的笑容，说声"河野小姐"，然后一手拿着餐盘，另一手拉开藤岩刚刚坐的椅子。

"喂，你应该知道吧？"

"知道什么？"

"森尾辞职了。"

"哦，是啊，去 *un jour* 是她的决定，我没有意见。"

伊藤自然地脱口说出那本杂志的名称。

原来是那里，前卫风格杂志。

只要知道藤岩说的其中一个"某某某"是谁，就能推导出另一个。倘若她真的要去 *un jour*，总编就是杜兰洁春香，副总编是八剑惠那。*un jour* 的版面非常简洁，购买群体和刊登的商品都与 *C. C* 南辕北辙，印刷纸摸起来较冷较厚，文字量虽少，却都直指重点，图片说明充满前卫风格的专业术语。悦子想起森尾有点冰冷又成熟美丽的脸庞，突然觉得澎湃的心头好像缺了一角。

那里应该更有她发挥的空间。

两天后，森尾捎来消息，说她递辞呈的那天，并非真的是最后一天，而是为了 *C. C* 的"小奢侈黄金周提案，来去夏威夷！"企划，教人羡慕又嫉妒地去夏威夷取材了。

"喏，礼物。"

由于森尾超过晚上十点才下班，悦子和今井决定先回家一趟，晚点重新在惠比寿集合。她们来到周末人潮汹涌的咖啡厅内，森尾将两个未经包装，外壳印着黝黑史努比图案的唇油放在桌上。悦子道谢收下，今井却突然责问："先不管礼物！"

"你为什么都没有告诉我们呢！"

"因为，我不想听大家的意见，我想自己决定。"

"那至少告诉我们一声你想换工作嘛。"

"这是我的人生，我想自己决定。跳槽应该算得上是人生大事吧？"

悦子仿佛看见某位搞笑艺人当场表演铁卷门无情拉下的桥段。

"这是我好好考虑了一年所得出的结论，请你们不要生气。我只是换去其他公司，人还在东京呀，我们一样能像这样出来见面。"

"那你还要当我婚宴的招待吗？"

"我很荣幸当你的招待，也已经和公司说好那天不会假日加班。"

今井眼泛泪光，数秒后回答"谢谢"。

un jour 真的适合森尾待吗？前几天还很笃定的事，怎么到了今天就犹豫了？看着森尾用神清气爽的笑脸谈论夏威夷，悦子再次感到浮躁。我是怎么了？这就是森尾之前说的"女性朋友之间的羡慕和嫉妒"吗？但她在这方面实在太没经验，所以不确定是哪一种感觉。

过了一会儿，放在桌面的手机响了。是永打来的。悦子起身离席，走出店外接起，吐出白雾问："喂喂？"

"喂？小悦，你在家里吗？"

"抱歉，我还在外面。你回日本了吗？"

"嗯，刚到，好累啊……"

是永的声音听起来真的累坏了，悦子告诉他"谢谢你这么忙还记得打电话给我"。

"还好啦，我其实没想那么多。抱歉，方便一会儿见面吗？我想和你聊聊。"

明天是星期六，悦子放假。是永说他直接从成田机场去她家，悦子回答"欢迎你来"，结束通话，回到店里告诉她们自己先离开一步。

"小幸打来的？"

"嗯，他刚回日本。"

"感情真好啊！辛苦了，回去的路上小心。"

森尾露出一如既往的笑容挥挥手，然而悦子心中的烦躁未消，只能强颜欢笑地挥手说"拜拜"。

距离情人节的第一次约会过了一周年。尽管前几个月两人的关系有点扑朔迷离，不过悦子和是永现在是真正的一对情侣了，所以他才想第一时间向女友报告。

"我接到米兰的专职工作了。"

两人在二楼房间面向彼此，是永既害羞又开心地说。悦子想了一下，问道：

"那是模特儿的工作对不对？"

是永点点头，说出口的品牌名称，是悦子也熟知，现在最热门的新兴品牌之一。此品牌 2010 年甫创，前年刚从 Autumn/Winter 秋冬的男性时装 T 台崭露头角，如今已在全世界的量贩店贩卖，在表参道开了全球第一家旗舰店。景凡社 *Aaron* 杂志的编辑非常中意是永，介绍他给设计师后迅速签约定案。

"好棒！恭喜你！这是他们第一次任用东方人对不对？"

"嗯，听说是这样。我责任重大，必须在米兰固定活动。"

是永轻描淡写地脱口而出，悦子理解到这句话后，复述一遍：

"必须在米兰固定活动，是什么意思？"

"我必须搬到米兰住，这是签约条件。约期先签一年，对方会提供公寓住处和保证人，我只要人到就行了。"

那我呢？我怎么办？悦子到口的话语卡在喉咙。

"还有，经纪人要我换个发型，所以我明天得去剪发了。我觉得很苦恼。"

这句话虽然很像在开玩笑，不过悦子马上回答：

"对了，我一直想问，你为什么坚持留爆炸头呢？"

"这是自然卷。大概是我的家族在好几代以前混有非洲血统，基因突然在我身上显现出来吧。我上学的时候也留过玉米辫和黑人发辫，并不是一直都是爆炸头。"

什么！竟然是自然卷！

等等，画错重点了。悦子还有很多事情想问，却无法在脑中整理好该怎么问。自从回到校对部，她的脑海始终像是罩上一层纱。最后，她问了最在意的事：

"小幸，你接下来要专心当模特儿吗？不继续写小说了吗？"

语毕，是永明显脸色一暗。悦子之所以这么问，是她以为比起当模特儿，是永更想当一名有头有脸的小说家。至少两人相遇时，他给她这样的印象。脸色沉了数秒后，是永露出自嘲的表情。

"你在责怪我吗？你认为我是因为作家路不顺，才想逃去米兰的吗？"

"我没那么想……是这样吗？"

她只听说他花了一年撰写的长篇小说全军覆没，却无法想象那对小说家来说是多大的精神打击。而她唯一认识的作家本乡大作，不管写什么恐怕都有人抢着帮他出书，问了也是白问。

是永沉默半晌，放弃似的笑着开口：

"小悦，你知道你前年校对过的《好像狗》，首印印了几册吗？"

"咦？我不知道，三万左右？"

悦子回答了她唯一有过编辑经验的 *Lassy noces* 一半左右的印量数字。如果结婚的情侣是这个数字，那么想读是永作品的人，大概是它的一半左右吧——这是悦子毫无根据的判断。

"是两千五百册。"

是永自暴自弃地说，好像在嘲笑悦子的无知。

"……"

"定价不含税，一千六百日元，印两千五百册。当然不会加印，也不会出文库本。我的版税是百分之十。那么，你应该算得出收入是多少吧？这就是花了半年一年写书换来的薪水，很少吧。这样称得上是职业小说家吗？"

"可是部长说，有培养出一小群死忠读者……"

"真的就只是一小群，为了这些人出书只会赔钱。写了新的作品，也没人会帮我出书了。我是真的没有才华吧。"

我是第一次听到他用这个第一人称①。

悦子仿佛看见男友努力堆砌至今的坚强外壳"唰"地散掉，同时对于自己的迟钝感到茫然。

---

① 是永此处的"我"，作为第一人称从语感较内向的"自分"，换成了日文中一般男孩私下使用的"俺"。——编者注

"小幸，别这么说……"

"没错，我在逃避。我已经当不成作家了。我不想继续被你同情，所以才逃去……"

是永伸手捂住颤抖的嘴唇，将头扭开。

这是悦子第一次看见毫不掩饰的他。之前她曾以为自己看见了他真实的样貌，如今知道这件事，不自觉地感到鼻酸。原来自己的手掌与嘴唇所碰触到的他，是隔着一层保护膜的。

悦子把手伸向他颤抖的肩膀，小心翼翼地抱住他骨感的身躯。她以为自己会被甩开，但是永捉住她的手臂，崩溃地哭了。细瘦的手指甚至抓痛了她的手臂，悦子拼命咽下想哭的冲动。

知名品牌的专属模特儿看似华丽，实际上却相当不好熬，不过薪水也相对较高。如果一举成名，短短一天就能赚到相当于《好像狗》的版税收入。与此同时它的门槛也很高，是永却轻松地突破了那道窄门。他在原先没有预期的地方，找到了属于自己的一片天地。

"小幸。"

即使呼唤，他仍持续哭泣，悦子拍抚着他因为抽噎而上下起伏的背。白衬衫如发烧的孩子睡的被单一样，被汗水浸湿。

"小幸，你没有逃避，只是不同地方的天神选上了你。你就抬头挺胸地当模特儿吧。"

"可是……"

"我相信你这次会一炮而红，接下来邀约不断，收入稳定。不留爆炸头，说不定还会有人找你拍戏呢。如果到时你还是很想写作，那就写吧。丰富了人生经验，能写的题材说不定会更广呀。你不是逃避，只是现阶段先去了别的地方，去到有人期盼你去的地方而已。"

拜托，一定要传达过去，希望他感受得到！这是悦子有生以来最用力的内心喊话。她只希望这个人能获得幸福，希望他的所到之处光芒四射，所以她问不出口：你会舍不得离开我吗？

悦子在没有任何杂志截稿，安静到有如死亡森林的校对部里，吞声屏息地瞪着校样，"杏鲍菇"问她："有没有呼吸啊？"

"……忘了。"

悦子转了转僵硬的脖子，惊觉"杏鲍菇"站在旁边，吓得叫了一声。

"你在干吗，吓死我了。"

"我已经站在这里一分钟了，看你好像很专心，不敢出声叫你。"

"有什么事？"

"嗯，午休时间到喽。"

闻言，悦子讶异地转头确认周遭，办公室内只剩下每天
自带便当的人，其他人全出去了。

"发生什么事？感觉你过完周末，整个人都泄气了。"

"如果你有这种感觉，那就请我吃鳗鱼饭吧。"

"呜哇，早知道就不叫你了。"

说归说，"杏鲍菇"还是带悦子去吃附近的鳗鱼饭。这家
店从点餐到上餐要等很久，白饭烫到仿佛是用地狱沸腾的锅
子煮成的，吃完它需要花上一些时间。有部长陪同，今天吃
到超过一点再回去也没关系。

幸好她还有食欲。不如说，她今天进公司后就埋头工作，
肚子猛烈地饿了起来。明明周末两天她还完全食不下咽。

"喂，你真的脸颊都凹下去了，是拉肚子吗？"

"贴心一点会死吗！"

——我希望你陪我去米兰。

星期五的夜晚，是永止住哭泣后说。

——虽然不是时尚杂志，不过那里有间替在意日本人印
免费报纸的公司征编辑，这样一来，小悦在那里也能工作。
我希望你陪我去米兰。

深受所爱之人信赖，应该是件令人开心的事情才对，如

果是一年前的她，或许会二话不说地点头吧。

——抱歉，我不能去。

悦子答道。对她来说，只要听到"希望你陪我去"这句话就足够了。

他的要求应该只是在撒娇，因为不安，希望有人能陪伴在身边。而这个角色由女朋友悦子来扮演，最为恰当。上个月结婚的桃花为了支持工作繁忙的先生而走入家庭，如今人在香港。一样是二十五岁的朋友，对人生做出了选择。悦子大可和她一样，夫唱妇随，这对二十五岁的人而言并不会太早。她可以用情人的身份支持对方的生活，帮助他在异国大放异彩，如此一来，人生应该会很充实吧。

可是，现在的我做不到。

"对了，河野小姐，你这次还没向 *Lassy* 提出人事变动，确定不提吗？"

"不提。"

森尾奔向了更适合自己发挥的舞台；是永曾经一举获奖，这条作家路却走得不长，如今在异地为其他天职翱翔。在悦子心中，是永如 *Lassy* 般梦幻。在是永心中，悦子大概恰似"文艺"吧。无论如何追寻景仰，那样东西也不会为自己停留。尽管握着彼此的手，两人的距离却无穷地远。所以他们只能学着武装自己，好让对方接纳自己。

"我要继续当校对员。"

校对了三个月的女性杂志，悦子明白了自己只是"读者"。最爱时尚杂志和流行服饰的头号"专业读者"。"杏鲍菇"被悦子的回答吓傻，再次询问："你确定？"

"确定，因为 Lassy 不是我的天职。"

回答之后，从星期五的夜晚憋到这一刻的泪水瞬间决堤。

"河野小姐？"

"杏鲍菇"吓得手足无措，手肘勾到旁边的杯子，水泼到桌上，连衣服也湿了。悦子哭着对手忙脚乱叫店员的部长说道：

"为了获得认同当上 Lassy 的编辑，我进入景凡社工作，却一直不明白自己为何是待在校对部。开始校对女性杂志以后，我才发现这份工作非常愉快。面对时尚杂志，我在校对时不会漏看也不会犯错，同时也很不甘心，自己的才能只能发挥在这种地方……"

"……"

"想做的工作和适合的工作是两回事，我直到昨天才想通这件事。其实我很拒绝接受这个事实，我好希望自己是当 Lassy 编辑的那块料。"

她在心中挥别了憧憬多年的职业，并与交往一年感情深厚的恋人告别。她不想当对方的绊脚石，所以选择离开。还有，一旦去了米兰，她就不能做自己喜欢的时尚杂志校对工作了。她又不懂意大利语。

"总之，我们先吃鳗鱼饭。"

"杏鲍菇"的声音传来，悦子回过神来发现眼前放了碗鳗鱼盖饭。她用桌上的纸巾擤了五次鼻涕，拨开筷子，合掌后将冒着凶猛热气的鳗鱼和米饭扒进嘴里，狼吞虎咽地吃下它。

"杏鲍菇"说，在二十五岁遇到人生的岔路，烦恼该如何前进的人比比皆是，而且人生的岔路可不只一条。

——你还有三十五年才退休，不需要现在急着悲伤领悟什么大道理啊。如果哪天你又想去时尚杂志编辑部了，到时再填申请单吧。你看绵贯小姐还不是直到四十三岁才来校对部。

泪水洗净了这几个月盘踞在悦子心中的烦闷，睡眠不足和精神疲劳一口气席卷而来，就像刚上完游泳课紧接着上物理课那种头痛身体也痛的疲劳。下午工作时，她好几次打瞌睡头撞到桌子，眼看"不是桌子死就是额头亡"时……

"宽松世代在吗？"

出声响应或者转头都将万劫不复，悦子装聋作哑，继续打盹。明天才截稿，再提早一小时进公司好了。她现在只想好好睡觉。

"你在吗，回答我一下会死吗？"

贝冢咻地奔到悦子身边，悦子仅微微挪动趴在桌面的头应道：

"咖啡……"

"什么？"

"你买咖啡过来，我就回答你……"

"你的脸好吓人啊，怎么了？"

想想还是不行，剩下的工作量提早一小时上班也赶不完，今天不追上进度只会逼死明天的自己。

"贝冢，我们家的河野有点低潮啦，你也帮忙鼓励一下啊。"

"你是要我请这家伙喝咖啡？"

"你八成又是来找她处理一些疑难杂症吧，那请她喝一杯咖啡不过分吧？我也请她吃了鳗鱼饭啊。"

头顶传来某种交易的声音。隔了几秒，肩膀被人用力摇晃，悦子被迫起身，回过神来已经坐在咖啡店的椅子上喝着黑咖啡了。眼前的人是贝冢。

"咦？我怎么会在这里？"

"我请你出来喝咖啡啊。你很夸张啊，梦游症患者是不是啊？真的是边睡边校对啊。"

桌上放着文艺书的校样，悦子回想起自己又被委托了什么疑难杂症。快速看过去，内容巨细靡遗地描写了关于 20 世纪 40 年代的 New Look 时尚，校样上有悦子写的铅笔注记。她心想：这是我写的吗？我也太适合做校对了吧？可恶！

还带着温度的咖啡流入胃里，慢慢地唤醒了全身的细胞。迷雾终于散去，悦子做了口深呼吸。

"谢谢，我终于有点清醒了。"

"哪里，要谢的人是我吧。等等，你的脸怎么了？"

"森尾要离开公司，我难过到哭。"

悦子就是不想和他说真话，所以说了谎。本来想着单恋森尾的贝冢听了应该会像吃了记闷棍，到时自己再来嘲笑他，真是一石二鸟，想不到贝冢只是淡淡点头说"是吗"。

"你知道了？"

"对啊，上周赛西儿在大厅大呼小叫嘛。"

啊，他已经做好心理准备了。也许，他的部门里还有格局远胜他的森尾的男友在，因此早就自暴自弃死心了吧。可恶，没整到他。

"笑一笑吧。"

贝冢突然莫名其妙看着旁边说。

"什么？"

"你笑起来很可爱，多笑一笑吧。"

"这是妄想中的帅哥台词呢，你怎么好意思说？你说了只会更加让人觉得全身不对劲！"

"很好，你完全醒了！回去工作！"

贝冢气鼓鼓地脸红，拉起悦子的手臂逼她站起来，推着她的背前进。不用你说我也会走！悦子愤慨地走出店门。贝冢留在店里，一手拿着铅笔，摊开校样。

他终于学乖，会自己确认稿件了。

这是编辑的本分，悦子却佩服起来。日文中"全身不对劲"写成"虫酸涌现"，那到底是像梅斯卡尔酒一样加了虫的醋呢？还是脖子以上是虫的头的妖怪呢？她虽然用了这句话，却越想越迷糊。不管是前者还是后者都很恶心。坦白说，贝冢说的那句话一点也不恶心，涌现的是令人舒服的"虫酸"。

悦子从冷风呼啸的户外走入温暖的公司大楼，前台里的今井和刚刚的她一样，半眯着眼在与周公下棋。

——你笑起来很可爱。

我知道啊蠢蛋。要你管啊蠢蛋。

悦子走去搭电梯，同时用指甲剥下粘在脸上的泪痕，双手拍拍脸颊，轻轻弯起两边嘴角。